尾形光琳

江戸の天才絵師

飛鳥井頼道

ウェッジ

光琳点描

尾形光琳

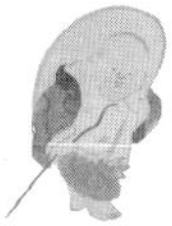

江戸の天才絵師

寛文三年一月十八日

東福門院に初めてお目にかかる

初春《はつはる》を迎えたといっても、底冷えのする日である。都の空は一面、厚い雲に覆われ、時折小雪がちらついていた。

後水尾《ごみずのお》帝の后であった東福門院御用達の呉服商雁金屋《かりがねや》尾形宗謙は、何時ものように中立売《なかだちうり》の店を出、真っすぐに東へ進んで禁裏に向かっていた。従者が二人、女院御注文の小袖を長持《ながもち》に入れて随行している。少し遅れて小童がこの一行の後をつけているのが、何時もとは違っていた。

禁裏中立売御門の衛士は、かねて宗謙の顔見知りである。およそひと月に二回はこの門を潜っているのだから、知らないはずはない。

何時ものように目配せして通り抜けようとして、今日は思いもかけず、衛士に誰可《すいか》された。

「そこの童《わらべ》は雁金屋の御子《おこ》なるか」

宗謙が後を振り返ると、そこに次男の市之丞が立っていた。

「何や市か。何しについて来たんや」

「一度御所に連れていってくれるていうたやん」

◆光琳年譜

明暦四年／万治元年（一六五八）
一歳（数え年）
◉京都の呉服商雁金屋・尾形宗謙の次男として生まれる。名は惟富、惟亮、幼名・市之丞。
◉前年、江戸明暦の大火。

万治三年（一六六〇）
三歳
◉伯父・尾形宗甫没（五八）、父・宗謙が雁金屋を継ぐ。

寛文三年（一六六三）
六歳
◉一月、霊元天皇即位。
◉三男・権平（通称新三郎、惟光、惟允。のちの乾山）誕生。

市之丞にそう言われて、宗謙は数日前家で東福門院の話が出た折、市之丞がうちも一度女院御所に行きたいと駄々をこね、それに生返事していたことを思い出した。

「あかん。ここは子どもの来るとこやない。早よう家《うち》にお帰り」

と厳しい声で叱ると、衛士が今日は何か機嫌のよくなることでもあったのか、

「雁金屋の御子なら通したる。今日はようく御所の中を見物したらええ」

と思わぬ答えである。

「しゃあないなあ。お許しが出たからついてき」

宗謙はそう言って歩き出した。

中立売御門からは御公家衆の屋敷の間を通り、御所の前面を横切った所に、女院御所があった。

しばらく控えの間で待たされたが、侍女が案内に来、宗謙は市之丞に、

「おとなしゅうしてるのやで」

と言い置いて中に這入《はい》っていった。

市之丞は宗謙が去ると、辺りを見回してみた。何の飾り気もない部屋である。宗謙がなかなか戻ってこないので退屈して座敷の襖《ふすま》を少し開けると、次の間の先に小さな林泉が見えた。池畔に立つ燈籠の上に、一羽の五位鷺《ごいさぎ》が羽根を休めている。

「あれ、鷺や。つかまえたろ」

市之丞はそう呟くや否や、襖を開け御殿の回廊から庭に跳び降りていった。ただ降りる時に裾を欄干にひっかけたので、もんどり打っておでこをしたたかに玉砂利に打ちつけてしまった。

市之丞の泣き声に驚いて、五位鷺は大きく羽根を拡げ、林の彼方にゆっくりと飛び去っていった。

泣き声に驚いたのは、鷺ばかりではない。

「何ぞあったんか」

ちょうど奥座敷で新しい小袖に袖を通して御満悦の体《てい》であった女院が、女官をひき連れて回廊に出てきた。その後には宗謙が苦虫を噛みつぶしたような顔で控えている。

年嵩《としかさ》の中臈《ちゅうろう》が東福門院に注進に及ぶ。

「ここの童がこの階《きざはし》から転げ落ちたようでございます。幸い怪我はないようですが。でも何処の子やろ。どないしてここまで這入ってきたんやろ」

宗謙が座敷に平伏して詫びる。

「これは大変失礼つかまつりました。そこの小童、倅《せがれ》の市之丞でございます。今日どうしても一度御所を見たいと申すので、それはならぬと叱りつけたのですが、偶々《たまたま》衛士のお許しを得て参りましたような次第でございます。座敷で控えておれと申したのですが」

宗謙がしきりに恐縮すると、女院は笑って、

「雁金屋、よいではないか。早よ涙を拭いておやり。それから何か菓子でも持ってたも。これ、市之丞とやら。もう泣くでないぞ」

階の上から女院はやさしい声で市之丞に手をさしのべた。市之丞のクリクリとした眼が涙に光って輝いている。

多代女《たよじょ》聞書

東福門院様は雁金屋の最上のお得意様でございました。そもそも尾形の家は先祖が近江の浅井家に仕えていた関係で、お市の方様の三人の御姫君、淀殿、お初の方様（京極高次正室）、お江与の方様（徳川秀忠正室）の御用を承って大きくなったのでございます。このお江与の方様の五番目の御姫君が和子《まさこ》様、即ち東福門院様でいらっしゃいます。

夫光琳は、東福門院様に初めてお目にかかった日のことを、その女院の袂から漂っていた伽羅《きゃら》の香りと、御殿の階の前に咲き初めていた紅白の梅の姿とともに、よく覚えていると申しておりました。

寛文五年五月八日

奥の深い能と習うこととなる

五月雨《さみだれ》がもう六、七日ほども、京に降り続いている。中立売小川上ルの雁金屋の奥座敷では、主《あるじ》の宗謙が机に向かって頻《しき》りに筆を走らせていた。

このところ宗謙は和歌に凝っていて、『千載集』とか『玉葉集』を繙《ひもと》き、その中の気に入った三十一文字を書き写すのである。書写といっても美しい手跡でなければばならない。書いては破り、写しては捨てて、納得のいくまで何度も何度も心を砕いて書き写す。すると心が澄んできて、古《いにしえ》の歌人の気持ちが自然に己《おのれ》の心に染み透ってくるような気がするのである。

その静謐な心を打ち破るかのように、廊下に足音がして、手代の七兵衛が襖の向こうから声をかけた。

「旦那さん、ちょっとお話ししたいことがありますねんけど」

宗謙は、

「七か、おはいり」

といって、筆を硯箱に置き、七兵衛に向き直った。

「何や、改まって話とは」

光琳年譜

寛文五年（一六六五）八歳
◉吉田八兵衛の娘・多代生まれる。のちの光琳の妻。

「実は市之丞様のことです」

七兵衛が半白の髪を撫でつけながら神妙な顔をして言う。

「何か市が悪さでも仕でかしたんか」

「そないなことではあらしません。このところお店に来られては雛形帳をめくって、そこに落書をしやはりますんや。ところがその落書がなかなか達者なもんで、職人たちも感心しとります。奉公人がこないなことを申すのも口幅ったいようでっけど、市様に絵の先生をおつけになられたらどうでっしゃろ。きっと今を時めく（狩野）探幽《たんゆう》のような絵師にならはりますわ」

宗謙は既に、市之丞が呉服図案の下絵である雛形帳をめくって遊んでいることは聞いていたが、七兵衛の言にはいささか鼻白む思いがして、

「何いうてんねん。市は呉服屋の倅やぞ。絵師の狩野にどないして肩を並べられるんや。本阿弥（光悦）の家や俵屋（宗達）を見てみい。ほんまに光り輝くのは百年に一人、出るか出んかと違《ちゃ》うか」

宗謙はこう言って、冷《さ》めたお茶をグッと飲み干した。しかし、宗謙はその言葉とは裏腹に、ひょっとして市之丞の画才も捨てたものではないかもしれぬと思っていた。そして自分の言葉を噛みしめるように、

「まあ、いま無理に絵師につくこともないやろ。才があればいずれ出てくるもんや。ただわしが心配してるんは、あの子には辛棒《しんぼう》というもんを教えんとあかんということや。あの子のことやから何でも器用にこなすことはできる

やろ。そやけど、それで仕舞《しま》いではあかん。

なんか奥の深いものを習わして、その奥を極めることの難しさと面白さを会得させることが、何よりも大事なのと違うか。それは辛棒せえへんかったら得られるもんではあらへん。そういう辛棒の経験をしとったら、どんな道でもそこそこまでは行けるんや。そこから先は本人の才や」

そう肯くようにいって、宗謙は拳で手の平を叩いた。

「七兵衛、今日はええこというてくれた。せや。市には能を習わしてみよう。能みたいに奥深いものやったら、きっとあの子もその難しさと面白さの中で、辛棒というもんがわかってくるやろ」

宗謙はそう言って、窓の外の雨空を見上げ、中庭の石組みに軒から滴《したた》り落ちるその雨音を聞きながら、市之丞と親子で能を舞う日を想像していた。

多代女聞書

寛文五年は巳年で、私の生れた年。夫光琳は万治元年の戌年、年の差が七つございます。従ってこの年、光琳は八歳となっておりました。

宗謙には男の子が三人おり、長男が藤三郎、次男が市之丞、三男が権平でございます。権平は後に陶工として名を挙げた乾山であることはご承知のことと存じます。

この寛文から延宝の中頃までが雁金屋の最盛期であったようで、中立売のお店には多くの職人を抱え、ひっきりなしに糸屋、染屋、織屋などが出入していたと聞いております。実は私の実家の吉田は、染屋の一つとして、雁金屋から多くの注文をいただいていたのでございます。

寛文八年九月十二日

ばばの前で野々宮を謡うてみる

空には刷毛《はけ》で描いたような筋雲が浮かんでいた。長いだらだら坂は乾いて白っぽくなっている。坂を登り切る少し手前に雁金屋の鷹ヶ峯屋敷があった。ここから来た道を振り返ると、甍《いらか》を並べた都が一望の下に見渡せる。屋敷の潜り戸の前で市之丞はひとつ深呼吸してから大声を出した。

「ばば、市が来たで。権平も一緒や。ばば――」

その声に応じて下女のみほが戸を開けると、待ちかねていたかのように、ばばが上がり框《かまち》の所まで出ていた。

「おお市か、よう来たな。権平も一緒か、よう来たよう来た。みほ、足を洗うておやり」

ばばは相好を崩して二人の孫を迎え入れた。笑顔になると、僅かばかり残った歯が剥出《むきだ》しとなる。

市之丞と権平が一息つくと、ばばは奥から何やら大事そうに何冊かの書物を抱えて来て言った。

「市、どうや。謡《うたい》の方はうまなったか」

「うん」

「おもろいか」

「うん」

「何やうんばっかりやな。何ぞばばに謡うてんか。何やったらできるんや。ここに謡本があるさかい、できるのをやってみ」

ばばは否応を言う間も与えずに、数冊の謡本を市之丞に持たせた。

「ばば」

「何やもう決めたんか」

「いや、綺麗な本やな」

「見事やろ。これはばばの宝物なんや。下絵は俵屋のもので、題簽《だいせん》は光悦どのが書いたもんや」

「表紙が変わっとる」

市之丞は謡本を手に取ってまじまじと眺めている。

「それは雲母《きら》刷りいうんや」

「きら刷り、どんな字書くん」

「雲に母とかいて、それできらと読むんや」

「何かばばみたいやな」

「何でや」

「お父ちゃんのお母ちゃんやから、雲の上の母やないか」

光琳年譜
寛文八年（一六六八）
十一歳
◉二月、江戸大火。

「そやな。おもろいことという児《こ》や。ばばもそろそろ雲の上からお迎えがくるやろ。さあ、早よ決めんかい」

市之丞は何冊かをパラパラと見て、その一冊を手に持って、

「これがええわ、『野々宮』や」

ばばは手を打って、

「ええ選曲しよる。季節もぴったりや。権平も黙って聞いとんのやで」

〽野の宮の、森の木枯秋更て、森の木枯秋更て、身に沁《し》む色の消かへり、思へばいにしへを、何としのぶの草衣、きてしもあらぬ仮の世に、行き帰るこそ恨みなれ、行き帰るこそ恨みなれ……

市之丞は朗々と謡う。子どもの高い声ではあるが、豊かな発声と調子の確かさにおいて、もはや子どもとは思われない高みに達していた。

ばばは感嘆覚めやらぬ面持ちで市之丞に言う。

「ようでけた。ばばは驚きじゃ、市がこんなに謡えるとはな。呉服屋の倅にしておくのは惜しいくらいや。市、もっともっと精進するんや。能は奥が深いよってにな」

「お父ちゃんも同じこというてた」

「そうや、ばばの子やから同じなんや」

寛文九年七月九日「源坊の姉ちゃんがお嫁に行く」

蝦蟇流水蒔絵硯箱◆出光美術館蔵

寛文九年七月九日

源坊の姉ちゃんがお嫁に行く

池面には糸蜻蛉《とんぼ》が群れをなして飛び交っている。市之丞は木陰に腰を下ろして釣糸を垂れていた。釣針を投げ入れてだいぶ時が経つが、浮きはピクリとも動かない。風もなく、夏の重い空気がじっとりと体に巻きつくような日だった。

このところ市之丞は釣に熱中していて、三日とあけず朝から釣竿を持って、池や川を訪ね歩いていた。

西へ歩めば広沢池から大堰《おおい》川、桂川の辺り、東へ向かえば賀茂川、高野川と宝ヶ池、深泥《みどろ》ヶ池がよく足を運ぶところだった。

今日は深泥ヶ池に来ている。

遠くで、

「市ちゃーん」

と呼ぶ声が聞こえる。

八文字屋の源坊だ。市之丞は立ち上がって、

「おーい」

◆光琳年譜

寛文九年（一六六九）
十二歳
◉一月、京都で貧民救済のため百日粥施行が始まる。
◉狩野探幽らが大徳寺玉林院障壁画を制作する。

と手を振る。市之丞同様手に竿を持った源坊が駆け寄ってきた。

「遅うなって御免。今日はどないや」

と源坊は言って魚籠《びく》を覗き込もうとするので、市之丞は空の魚籠を持ち上げ、苦笑いしながら、

「ぼちぼちやなあ。ここは場所がようないようや」

と答える。

「でも木陰がええのんと違うか。魚かて今日みたいな日は暑いやろうから」

源坊はそう言って、市之丞の脇に腰を下ろし、竿を並ばせる。

「今日はさよ姉ちゃん来んの」

市之丞は少しがっかりした口調で、源坊に尋ねた。釣には何時も源坊の姉のさよが一緒だったからである。

さよは市之丞より四歳ほど年嵩《としかさ》であった。

「うん。姉ちゃんもう来んわ」

「何でやのん」

市之丞は思わず詰めよるような口調となって源坊に訊く。

「さよ姉ちゃん、お嫁に行くことになったんや」

源坊の答えは、市之丞の思ってもみなかったものだった。畳みかけるように、

「何やて。相手は誰なんや」

「茶屋はんの総領や。市ちゃんも知っとるやろ」

「うん。何どか会《お》うたことがある。色白でお公家衆のようなやっちゃろ。何であんなのがええんやろ。それで、さよ姉ちゃん何て言うているんや。喜んでいるんやろか」

「そらわからん」

源坊の答えは頼りないものだった。

市之丞はイライラして、

「毎日一緒にいるんやろ。何でわからんのや。嬉しそうな顔してるとか、悲しげな顔してるとか、わかるやろ」

「このところ毎日お母ちゃんと何やかやと話し合《お》うて買い物にいったりしているみたいや。喜んでんのとちゃうか」

「何でそんな他人《ひと》事みたいに言うんや。源坊のたった一人の姉ちゃんやないか。さよ姉ちゃんの喜びは源坊の喜びやろ」

「そらそやけど」

源坊は気のない返事を繰り返すのみであった。

市之丞は十日ほど前に、室町通下立売の八文字屋の店先でさよに会った時に懐《いだ》いた、何か何時もとは違ったよそよそしさが何であったかを覚った。

相変わらず引きのない浮きの先を見つめながら、市之丞は独り言のように言った。

「さみしなるなあ」

源坊も同じように浮きの先を黙って見つめている。

蘆《よし》の葉陰で蝦蟇《がま》が大きな声で鳴き始めた。

多代女聞書

禁裏様御呉服所八文字屋の源丞様は、夫光琳の生涯の友といってもよい方でございます。光琳より歳は二つ下でしたから、何時も夫は源坊源坊といって、その亡くなる日まで本当に心を割ってお付き合いをしておりました。

後に雁金屋が没落し、光琳の暮らし向きも不如意になって参りましてからも、源丞様はそれまでと一向に変わらず、時には絵のお仕事をご紹介下さったり、陰に陽《ひなた》に夫光琳を支えて下さったのでございます。

寛文十一年三月五日

父と兄の修羅場を目にする

市之丞が山里町の家に帰ると、母のかつは妹のとくに乳を含ませているところだった。市之丞は居間の片隅で、仮名草子『伊曽保物語』を読みながら、授乳の終わるのを待った。

乳をしっかり吸い終わったとくは母の胸許でかすかな寝息を立てはじめた。母はとくをそっと蒲団の上に置き、胸許を掻き合わせると、市之丞を振り返って言った。市之丞が何か話したそうな様子だったからである。

「市、どないしたんや」

「今日な、小川の店で藤兄ちゃん、お父ちゃんにえろう叱られてたんや。お父ちゃん、顔まっ赤にしてお兄ちゃんを平手打ちにしてはった」

かつは暗い顔をして市之丞の話を聞いている。

「お前みたいな奴は顔も見とうない。家を出ていけと、大声上げてお父ちゃん、もの凄い剣幕やった。

お兄ちゃん打たれっ放しで、七兵衛が見かねて止めに入ったさかいに、ようよう終わったんや。

でも、お兄ちゃん、何であんなに叱られてたんやろか」

市之丞がそう言ってかつの顔を見上げると、かつは、

「そのこと、もういわんといて。お母ちゃんもつらいんやから」

と言って黙りこくってしまった。

「お母ちゃん、その訳を知っとるんやったら、市にも聞かせてんか。あんなにぶたれて、お兄ちゃん可愛そうや」

市之丞がこう言うと、

「市、今日のことはもうお忘れ」

かつは厳しい表情でひとこと言うと、市之丞に背を向けて、とくの襁褓《おむつ》をたたみはじめた。

市之丞は訳もわからずに、すごすごと居間を後にせざるを得なかった。

母屋の裏庭に出ると、権平と二人の妹たちが石けりをして遊んでいた。

市之丞は縁側に座って「何でやろ」と考え続けていた。

兄の藤三郎は、しばらく前から小川の店で家業の見習いをはじめていた。嫡男として雁金屋の跡を継ぐ立場にあるのだから、当然である。雁金屋のような呉服屋は、その取り扱う商品の種類も多く、しかも品質は優れたものでなくてはならない。そして細心の注意を払って、間違いないものを作り上げなければならない。それには年少の頃から糸や染や織の出来具合を見定める眼を養う修業が必要なのである。

光琳年譜

寛文十一年（一六七一）
十四歳
◉一月、京都大火。
◉三月、伊達騒動起こる。
◉五月、祖母・一樹院没。

そのことは市之丞にもわかる。そして、藤三郎が家業を疎《おろそ》かにしていると
も思えなかった。
また、仕事の失敗ぐらいで、父宗謙があんなに怒ったりするだろうか。そ
れもわからないことだ。
そして今日のような修羅場は、初めてのことではないような気がした。そ
れは宗謙を見る藤三郎の眼が、今まで見たこともないような憎々しげな光を
湛えていたからである。
市之丞は、何かはわからぬが父と兄との間に、仕事のことではない何か相
容れぬことがあったことを確信した。
権平や妹たちは相変わらず無邪気に遊び続けている。市之丞は少しずつ大
人の世界に入っている自分を感じた。

多代女聞書

夫光琳の兄藤三郎が遊里に出入するようになったのは、この頃からであったと聞いております。

当時都には遊郭として島原が朱雀野西新屋敷に、またお茶屋や芝居小屋などが立ち並ぶ色町として祇園や先斗町《ぽんと》などがございました。島原は古く寛永の頃に六条三筋町から移転したのですが、祇園や先斗町はこの前の年、即ち寛文十年に鴨川の岸普請が成って以来、急に繁華の地となったようでございます。

藤三郎はこれらの地で、雁金屋の藤さまといわれ、浮名を流したのでございます。宗謙の叱責にもかかわらずその放蕩は止まず、後に許されましたが、一時勘当の身をかこつこととなりました。

夫光琳もまた、後に雁金屋の市さまと呼ばれ、脂粉漂う色里に沈淪《ちんりん》する暮らしを送ったのでございます。

寛文十一年七月十日

里に帰されるみほを送る

鞍馬寺門前の茶店で一服した市之丞は、立ち上がって肩から脇に風呂敷包みを袈裟《けさ》懸けに結え直し、傍《かたわら》のみほに向かって言った。

「みほ、足は大丈夫か。大丈夫やったらそろそろ行こか」

みほは草鞋《わらじ》の緒をしっかりと結んで、

「市さま、後はようわかりますさかいに、もうここでお帰り下さいませ」

「何いうてるんや、これからが峠道で大変なんやないか」

「でも」

みほが恥じらうような、甘えるような仕草をみせて言った。

「でもやあらへん、峠までは送ったるから、安心おし」

市之丞はそう言って、すたすた歩き始めた。

道は町外れから急な山道となり、北山杉の森の中を細々とつながっている。

市之丞が先に立ち、みほが後に続く。

みほはその市之丞の背中を見ながら、何かとても幸せな気持ちになっていた。

市之丞様もすっかり大きうなられた。みほが雁金屋へ御奉公に上がった時は、まだまだ御内儀《おかみさん》様の着物の袖に隠れてしまうような子どもであったのが、このところ急に大人びて日に日に凛々しくなられている。

鷹ヶ峰の屋敷で、いつしか市之丞の来訪を心待ちにするようになっている自分に気が付いて、みほは赤面したことがあった。

みほはできることなら雁金屋に引き続き奉公したかった。華やかな衣裳に囲まれていることは、たとえそれがみほにとって一生着ることのないものであっても、楽しいことだった。

でも、それ以上に、もう市之丞様と会うこともないということの方がつらかった。

みほがそんなことどもを思っていると、不意に市之丞が訊いた。

「みほ、これからどないするん」

突然の問いに、みほは少し狼狽《うろた》えて答えた。

「花背の暮らしは都とは違《ちご》うております。朝早う起きて谷川に降りていって水汲みをしたり、お母ちゃんを手伝うて食事の仕度をしたり、畑で茄子や胡瓜を摘んだり、狭い田んぼの草取りをしたり、夜は夜で綿打ちをしたりといった毎日でございます。

花背は山また山に囲まれた土地やから、そんなことしかすることがあらしません」

「でも、家中で仲良う暮しとるんやろ」

市之丞は父宗謙と藤三郎のいがみ合いを思いながら訊く。

「みんなで力を合わせんかったら、生きていかれしません」

みほは少し強い口調で答えた。間を置いて、市之丞は呟くように言った。

「ええなあ」

一方、みほはみほで、「何もええことなんかあらへん」と心の中で思っていた。

市之丞様は何も知らないから、そんなことが言えるのだ。貧しくて苛酷な山里の暮らしをひと月でもされたならば、すぐに音を上げてしまわれるに違いない。

花背の峠まで、道は谷を渡り、森を抜けて続いている。陽当たりのよい道のべには、数々の夏草が咲き乱れていた。

ひと時ほど汗をかきながら登ると、眺望が開け、峠に着いた。

市之丞はなおも見送っていくつもりであったが、みほが何度も何度も「おおきに」を連発して頭を下げるので、ここでみほと別れることとした。

市之丞は、宗謙が餞別として贈った正絹一反を包んだ風呂敷を、みほの背にくくりつけてやった。

「みほ、元気にしてるんやで」

みほは小さく頷《うなず》いて、緑の海のように見える花背の里に消えていった。

多代女聞書

この年の五月四日、鷹ヶ峰のばばが亡くなられました。宗謙をはじめとする子どもたちや孫たちに見とられた、安らかな旅立ちであったと夫光琳から聞いております。

鷹ヶ峰の屋敷で下女として使われていたみほは、花背の実家《さと》に帰されることとなり、市之丞がこれを送っていくこととなったのでございます。

花背は北山の山里の中でも最も奥深く、冬は何尺もの雪に鎖《とざ》される地で、みほはそこを十一の歳に出て、六年の間、雁金屋に奉公したのでございます。

寛文十二年四月七日

養源院の襖絵に見入る

養源院の板敷きで、市之丞は「この論議早う終らへんかな」と思いながら、足のしびれをこらえていた。

座敷では先ほどから三人の男が長々と議論をしている。焼香の席次で揉《も》めているのだ。女院附の簗田《やなだ》様（隠岐守直次）は、女院御所で何度も会《お》うたことがある。

簗田様と喧々囂々《けんけんごうごう》やり合うておられるのが、近衛家の進藤様（筑後守長富）だ。一度小川の店にお見えになられたことがある。

真ん中の上座で腕組みしているのが、お父ちゃんが言うてた京都町奉行の宮崎様（若狭守重成）だろう。

簗田様が言う。

「筑後どの、それでは女院様がお許しになりますまい。やはり今回の遠忌《おんき》は浅井の血筋を伝える者こそ、その主役でございます」

進藤様は頭《かぶり》を振って、

「否々《いないな》、朝廷《みかど》には朝廷のしきたりがござる。千年以上連綿として続いている

◆光琳年譜

寛文十二年（一六七二）
十五歳

◉閏六月、能の『装束付百二十番』を書き写す。
◉十月、『花伝抄』を書き写す。
◉この頃、父や兄と能の会で舞う。
◉石川丈山没（九十）。

伝統を、そこもとも知らぬはずはなかろう」

宮崎様は眼をつぶって腕組みをしたままだ。

簗田様。

「おそれながら、施主は女院様でござるによって、女院様のお気持ちを第一にというのは当然ではござらぬか。
女院様がその祖父君の法要を行うに当って、何故《なにゆえ》宮中席次に依らねばならぬのか、拙者にはとんと合点が行き申さぬ」

進藤様。

「女院様とて、朝廷の一員ではないか。宮中のしきたりに合わせてこそ、上皇様（後水尾院）もお喜びになられる。
失礼ながら、女院様の御意向には従い兼ねる」

こんな議論が蜒々《えんえん》と続いていた。

市之丞は板敷きから眼を見開いて、座敷内を飾る襖絵を凝視していた。

家を出る時、お父ちゃんが「養源院の襖絵は俵屋の手になるもんやさかい、よう見とったらええ」と言っとったが、ほんまや。

襖いっぱいに広がった松の枝振りが何ともいえん。絵師の力が幹に籠っていて、何か生き物みたいや。そう思って見ると、襖の把手が二つの目ん玉みたいに見える。紙魚《しみ》みたいに見えるんは、苔《こけ》が付いているんやろか。

樹の下に蹲《うずく》まっている岩があるけど、獅子にも狛犬《こまいぬ》にも見える。松が生きているように、岩も生きているんやな。

市之丞がそんなことを考えていると、進藤筑後守と眼が合った。その眼には近衛家の家宰《かさい》として朝廷・五摂家《せっけ》に隠然たる勢力を振るっている男の自信が溢れていた。

堂々巡りの議論もようやく結論が出たようや。

宮崎様が口を開いてゆっくりと二人に言い聞かせるように言った。

「筑後、今回は隠岐の申すように女院様の御意向に沿ってはどうか。お上としてはこの法事、あまり大袈裟《おおげさ》なものとはなさぬお考えである。即ち、今回の遠忌は、あくまで女院様の法事であって、朝廷の法事ではないということでござる。

両名共、そのお上の意をよく弁《わきま》え、それぞれ申し伝えるがよい」

宮崎様がこう言うと、簗田様、進藤様とも畳に額をすり付けるように畏まって平伏した。両者の従者たちもそれに合わせ平伏したので、市之丞も遅れじとあわてて板敷きに額をすり付けた。

前にも申し上げましたが、東福門院様の御母君はお江与の方様、淀殿・お初の方様と同じく、浅井長政公とお市の方様の間に生まれた姫君でございました。長政公が右府信長公に滅ぼされた後、その追善のため淀殿が太閤秀吉殿下に願って建立《こんりゅう》したのが養源院で、その後焼亡の憂き目に会いましたが、お江与の方様によって再建されたのでございます。

従って、お江与の方様がお亡くなりになられて以降は、東福門院様の御寄進によってお寺は護持されて参りました。

寛文のこの年は、長政公の百回遠忌に当たり、その準備の下打合わせが養源院で行われたのでございます。

雁金屋尾形宗謙も女院附の簗田様の命でその場に伺候することとなっておりましたが、前日より体調を崩してしまいましたので、次男の市之丞がその代理として簗田様のお供をすることとなったのでございます。

寛文十二年十月十一日

観世屋敷で敦盛と舞う

鏡の間で市之丞は緊張していた。能装束はすっかり整い、あとは出を待つばかりとなっている。お父ちゃんが、「市、何時もの通りにやるんや、落ち着いてな」と声を掛けてくれた。

揚幕《あげまく》がスルリと揚がるといよいよ出番だ。橋ガカリ*1を三ノ松、二ノ松、一ノ松とするすると進み、舞台に入ってワキ*2の前、目付柱《めつけばしら》*3の方へ向いてツレ*4と向かい合って謡い始める。

〽《シテ・ツレ》草刈笛の声添へて、草刈笛の声添へて、吹くこそ野風《のかぜ》なりけれ。

次はシテ*5が独りで謡う番や。

〽《シテ》かの岡に草刈る男野を分けて、帰るさになる夕まぐれ、

次第に調子に乗ってきた。この日に備えて渋谷先生の所で何度も何度も練習して来たんや。お父ちゃんの言うたように何時もの通りにやればいいんや。

シテ・ツレの同吟《どうぎん》*6が終わると、ワキが着座のままシテ・ツレに問いかける。


〽《ワキ》いかにこれなる草刈たちに尋ね申すべき事に候。

〽《シテ》こなたの事にて候ふか何事にて候ふぞ。

〽《ワキ》ただいまの笛は、方々《かたがた》の中に吹き給ひて候ふか。

〽《シテ》さん候われらが中に吹きて候。


ワキの蓮生《れんせい》法師は藤兄ちゃんが演じているから、兄弟でこんな問答を交わしているのも、何やくすぐったいような気がする。

今日は雁金屋挙げての能の興行で、見所《けんしょ》*7にはお招きした大勢のお客が来ている。一番のお得意先の女院御所からも、簗田《やなだ》様はじめ女官の何人かもおいでになられた。あとは同業者や織屋、染屋などの主人連中、それから一族の面々。中にお母ちゃんの心配そうな顔も見える。

シテの草刈男は直面《ひためん》*8やから、そんな見所の様子がよう見える。

シテ・ワキの問答が終わると地謡《じうたい》*9が始まる。


〽《地謡》身の業《わざ》の、好《す》ける心に寄竹《よりたけ》の、好ける心に寄竹の、小枝蝉折《さえだせみおれ》さまざまに、

ここで脇正面に向くんや、

〽《地謡》笛の名は多けれども、草刈の吹く笛ならば、これも名は青葉の笛とおぼしめせ、

ここでひらいて、次の「住吉の汀《みぎは》」の時に左に回るんや、間違いやすいとこやから何度も練習したとこや。渋谷先生に教えてもろたことを、書き記していたことが役に立った。

考えてみると、所作は無理なく自然にできていることがわかる。役になり切ったら、自然とそうなるんやな。そこがまた能のおもろいとこや。そして、

〽《ワキ》それにつけてもおことは誰《た》そ。

〽《シテ》まことはわれは敦盛《あつもり》の、ゆかりの者にて候なり。

と、シテ・ワキ合掌して、地謡の「姿も見せず失《う》せにけり」で中入《なかいり》[*10]するんや。鏡の間に戻ると、お父ちゃんが上機嫌で、「市、ようやった。我が子ながら感心じゃ。その調子で後シテもやってみ。ただ後シテは面を付けとる分、所作がぎこちのうなりがちやさかい、そこに気をつけるんやで」と注意をしてくれた。

敦盛の面を付けると、一段と気分が高揚してくる。出だしは「淡路潟《あわじがた》」やったな、

シテ 淡路潟、通ふ千鳥の声聞けば、寝覚を須磨の関守は誰ぞ。
シテ いかに蓮生、敦盛こそ参りて候へ。
ワキ 不思議やな鳧鐘《ふしょう》を鳴らし法事をなして、まどろむ隙《ひま》もなき所に、敦盛の来り給ふぞや、さぞや夢にてあるやらん。

ここでお兄ちゃんが「鳧鐘」というとこを「鉦《かね》」とトチってしもた。意味は変わらへんのやけど、謡の調子が狂ってしもた。でももう少しや。あとは舞いがみどころやさかい、それに集中したらええんや。

多代女聞書

夫光琳は生涯、能を一番の楽しみとしておりました。幼少の頃から渋谷七郎右衛門様にお教えを受け、自身も弛《たゆ》むことなく研鑽に励んでいたのでございます。後に二条様や、あるいは江戸に下ってからも、酒井様などの高貴な方々のお引立てを得たのも、夫光琳の能の腕前が玄人はだしであったことによるものと存じます。

この日は、山里町の家とは目と鼻の先にある、大宮通今出川上ルの観世屋敷の能舞台での興行であったと聞いております。当時観世家は十一世の左近重清《しげきよ》様の時代でございました。

＊1 橋ガカリ 本舞台に向かって左にのびる廊下のような演技舞台。
＊2 ワキ 脇役のこと。
＊3 目付柱 本舞台の左前の柱。
＊4 ツレ シテやワキに連れ立つ役。
＊5 シテ 主役のこと。
＊6 同吟 声をそろえて謡うこと。
＊7 見所 観客席。
＊8 直面 素顔で演技すること。
＊9 地謡 情景や心情など謡う斉唱団。
＊10 中入 前後二場の間にいったん退場すること。

寛文十三年五月八日

御所から火の手があがる

「市、市！」

母のかつの大きな声に、市之丞は寝入りばなを叩き起こされた。ねぼけ眼で訊く。

「どないしたん」

「火事や。早よ着替えて」

「何や、火事やて」

市之丞は跳ね起きて、心配そうに母の顔を覗き込んだ。

かつは、努めて気持ちの平静を保つようにゆっくりと言った。

「着替えが済んだら、とよの着替えを手伝うたげて」

とよは権平のすぐ下の妹である。

市之丞は黒ずんだ箪笥から着物を取り出し、手短かに着替えを終えると、次の間へ這入って妹たちの支度を手伝った。妹たちは騒然とした雰囲気に泣き出していた。権平はもう一人で仕度をしている。

それを済ますと、市之丞は二階に駆け上がって雨戸を開けた。

見ると東の空が、赤々と炎に染まっている。

市之丞は階下の母に叫んだ。

「お母ちゃん、火の手は御所の方角やで」

風は今のところ北から吹いているが、ここから遠望すると、御池《おいけ》や四条の方まで燃え広がっているようだ。

母の呼ぶ声がする。

「市、早よ降りて」

市之丞が下に降りると、母のかつは手文庫の包みを市之丞に手渡して言った。

「これは大事なもんやから、あんたが抱えて鷹ヶ峰まで逃げるんやで、ええか」

市之丞は肯《うなず》きながら、

「わかった。お父ちゃんは今日は小川にいてるの」

「そうや」

「大丈夫やろか」

「火の方角に近いから心配やけど、小川の店には使用人もぎょうさんいてはるから、今頃はもう大事なものはまとめて、こっちへ逃げてくるやろ」

母が落ち着いて言うので、市之丞は少し安心した。ちょうどその時、表戸を敲《たた》く音がして、宗謙や小川の店に住み込みの使用人たちが転がり込んで

◆光琳年譜

寛文十三年／延宝元年（一六七三）

十六歳

●五月、京都大火、御所・公家町など焼失。

●三井高利、江戸に呉服店、京都に仕入店を出す。

きた。

宗謙は、額に玉のような汗を浮かばせている。ここまで一目散で走ってきたのだろう。

かつを見るなり、

「皆無事か。ここも危ないさかい、これから鷹ヶ峰まで逃げるんや。まずお前と娘たちが出発せい。権平も一緒や。長兵衛と谷太郎《やたろう》、頼んだぞ」

長兵衛、谷太郎はいずれも年若の使用人である。

次に宗謙は市之丞が手にしている手文庫の包みを見て言った。

「市、それはお父ちゃんが持ってく。市と七兵衛、それから茂助は、これからわしが指示するさかい、蔵の中のものをまとめて荷車に載せるんや。わかったな」

市之丞が訊く。

「お父ちゃん、藤兄ちゃんは」

宗謙は苦虫を噛みつぶしたような顔をして言った。

「藤か、あいつこんな時に何してるんや」

男達の一団がひとあし遅れて山里町の家を出る頃には、風はやや東からに向きを変え、ますます火の手は燃え盛っていた。

北に向かう智恵光院の通りは、同じように避難する人々でごった返していた。

ある者は着のみ着のままで、またある者は背中に背負えるだけ荷を担いで、またある者は黙々と手押車を押している。

大勢の避難する群衆の中に、市之丞は茶屋家に嫁いださよの姿をちらっと見た。さよもまた、鷹ヶ峰にある茶屋の別宅を目指しているに違いなかった。

市之丞は近寄って声をかけようと思ってやめた。遠い炎に赤黒く染まったその端正な横顔に、避難の疲れとは思えない、何か翳《かげ》のようなものを感じたからである。

多代女聞書

この日の夜半、関白鷹司《たかつかさ》房輔様のお邸《やしき》から出火した火事は、折からの強風に煽《あお》られて、禁裏以下京の町百余町、五千戸を焼く大火となりました。仙洞御所、女院御所も灰燼《かいじん》と帰したのでございます。

雁金屋では小川の店が類焼に遭いました。私の実家の吉田は、西陣の外れにありましたので、幸い延焼は免れましたが、この時の恐ろしかったことは、子ども心にもよく覚えております。

延宝二年三月八日

手代が染屋から金をせびる

上立売通《かみだちうり》りの西の端にある染屋吉田八兵衛の仕事場に、雁金屋の手代弥助の甲高い声が響いていた。

「八兵衛、これ何なんや。色見本とまるっきり違《ちご》てるやないか」

萌黄色に染められた絹糸を手にして、弥助が居丈高に追及している。

八兵衛は、ひたすら頭を下げて弁解に努めていた。

「ほんまに、えらい不始末を致しまして、何とお詫びを申し上げてええやら。二、三日床に臥ってて、目が行き届きませなんだ。お店にお届けに上がる前に、必ずこの私に見せるんやでと、かたく言い付けておりましたんやけど」

「そないなことで、言い訳になると思てんのか。八兵衛、何年雁金屋に出入りしとるんや。うちは御所御用達の店やで。ほんの少しの違いでも、雁金屋の看板に泥を塗ることになるんや。そのくらいわかっとるやろ」

八兵衛は小柄な体をますます小さくして恐縮し切っている。

「それはようわかっとります。今まで雁金屋様には、ぎょうさんお仕事をいただいております。その御恩は忘れたことはあらしません。今回のことは、ほんにお許しを。何とぞ。何とぞ。必要とあらばこの八兵衛、宗謙様に手をついてお詫びに上がりとう思います」

弥助は恩を着せるように冷たく言い放った。

「それには及ばぬわ。今回の不始末、旦那様には内緒にしとったる。吉田の店かてこんな失態を旦那様に知られたら困るやろ」

八兵衛は消え入るような声で答えた。

「はい。どうかよろしゅうお頼み申します」

弥助は一息いれ、八兵衛を見下ろして言った。

「これからどないするんや」

「明日にでも、御注文通りの品をお届け致します」

「そんなんは当たり前のことやないか。それでどないするんやと聞いとるんや」

弥助の執拗な追及の真意を察して、八兵衛は懐に手を入れ、紙入れを取り出して弥助に手渡した。

「これでどうか勘弁しておくんなはれ。少のうございますがお詫びの印に。どうか御内密に、よろしゅうお願い致します」

弥助は満足気な顔で、

「まあ今回は許したる。以後ちゃんと気付けや」

◆光琳年譜
延宝二年（一六七四）
十七歳
◉四月、京都大風雨で三条橋が流失。
◉十月、狩野探幽没（七十三）。

と言って、八兵衛の差し出した紙入れをすばやく懐にねじ込んだ。

紙入れを懐にした弥助が帰ると、市之丞が八兵衛の前に現れた。市之丞はこの一部始終を、物置の陰で聞いていたのである。

吃驚《びっくり》した八兵衛が思わず、

「市坊ちゃん、いてはりましたんか」

と言うと、市之丞は顔を赤くして、

「怪《け》しからん奴ちゃな、弥助は。あれやったら強請《ゆすり》みたいなもんやないか。あんな奴とは思わんかった。雁金屋の毒虫や。

八兵衛、済まんかったな。今日のことはお父ちゃんにようい うとくさかい、勘弁してや」

と弥助の非を詫びた。

八兵衛が再び懇願するように言った。

「市坊ちゃん、旦那様には黙っておいておくれやす。いや、うちの不始末のことではあらしません。それは機会《おり》を見てお詫びしとう思とります。弥助はんに告げ口したと知れたら、どんな仕返しをされるか、わからしません」

市之丞はしばし間を置き、やさしい口調で答えた。

「八兵衛、心配せんでええ。お父ちゃんには何も言わん。ただ、弥助がそういう奴ちゃということを市の肝に銘じておく」

八兵衛の顔に安堵の色が広がった。

多代女聞書

夫光琳が京狩野《かのう》の山本素軒先生について絵を学び始めるのは、寛文から延宝に改元のあった頃であったと聞いております。そして、その頃から西陣の外れにある吉田の店にも、時々立寄るようになりました。と申しますのも、光琳の通う山本先生の画房が紫野の船岡山の麓にあり、私の実家がその帰り道に当っていたことと、染料の調合で微妙に色合いの変わる草木染に、夫はその頃、大変関心を持っていたからでございます。

延宝三年十月二十五日

老人が今も熱く語る女と思う

晩秋の空に白雲が飛ぶように動いている。風が強く吹く度に、真紅に色づいた紅葉が散っていく。

鷹ヶ峰常照寺の境内を、二人の男が並んで歩いていた。

一人は鶴のように痩せて背の高い老人、今一人は小柄で血色の好い若者である。

老人の名は灰屋紹益《しょうえき》、若者は市之丞。

吉野太夫が寄進した朱に塗られた山門を潜った所で、紹益が市之丞にポツリと言った。

「市坊、最近島原へ出入りしとるんやてな。小さい小さい思うとったが、市坊ももうそんな歳になったんやな」

市之丞は、深い皺《しわ》の刻まれた紹益の顔を見上げて訊いた。

「吉野はんは、どないなをなごでしたんか」

紹益は一つ溜息をつくようにして答えた。

「それはな、とてもひとことで答えられるもんやあらへん。あないなをなご

延宝三年（一六七五）

十八歳

●十一月、後水尾法皇八十賀。御所、新造なる。

はおらんかった」

紹益は歩みを止め、本堂の甍を見上げながら続けた。

「美しうて、やさしうて、才気があって、話が面白うて、声も鈴のように澄んどるんや。あれと一緒に居ると、心が洗われるような気がしたもんや」

「今でもよう思い出すん」

市之丞が訊くと、紹益は遠くを見るような眼差しで答えた。

「ああ、そうや。あれと一緒の暮らしは十年余りやったが、今でも一緒に居るような気がするんや。不思議なもんや。もう三十年以上前のことやのにな。吉野は若うして亡くなったから、何時までも若いんや。この己れはこないな年寄りになっとるのに、吉野はまるで歳を取らんのや」

市之丞は、髪にかかった紅の落葉を手で払いのけて言った。

「それはそやな。人の思い出の中に生きる人は、歳を取らんと、何時までも生き続けるんやな」

紹益が続ける。

「市坊、おまえにとってそないなをなごがおるかどうかはわからん。でも、探してみ、運が良ければ見つかるやろ。そのをなごが、今どこに居るかはわからん。何をしているかもわからん。わからんのやけど探すのはをとこや。をなごの方からやってくることはないのや」

紹益はひとつ咳《しわぶき》をして、諭すように言った。

「市坊、若いうちにをなごでも何でもよう経験しといたらええ。そして本当に良いものを、よおく見る眼を作るんや。そういう眼が出来とったら、それは商いにも、芸事にも通用するんや。市坊の好きな能を舞う時かて、そういう経験がのうては、人の心を打つようなものは生まれんのや」

そう語る紹益を、市之丞は高僧のように仰ぎ見ていた。

そして、こんな枯木のような老人の中に、今なお熱い思いを残している吉野という女の力を、思っていた。

青々光琳

延宝四年正月十三日

あっけなく母が逝く

凍てつくような寒さの中を、市之丞は息せき切って走っていた。医師の向井先生の家を目指していたのである。

下長者町油小路西入ルの向井元升《げんしょう》の家は小川の店の近くで、かねて見知っている。しかし、今日ほどそこが遠くに感じられたことはなかった。

家の戸を敲《たた》くと、色が白く、眼のクリクリと大きい娘が顔を出した。

市之丞は、

「お母ちゃんが死にそうなんや。向井先生に早よ来てほしいんや」

と娘に叫んだ。

「大先生やったら、今往診に出てはります。若先生なら家に居てはりますけど」

と娘は丁重に答える。

「そやったら、若先生に早よ来てほしいんや。お母ちゃんの具合が急に悪ろなったんや」

娘は頷いて、

「今、若先生にいうて参ります。そんで、そちら様はどこのどなた様でいらっしゃいますのや」

「雁金屋の市之丞や。大先生には何度も山里町の家に来てもろとる。若先生いうんは元端《げんたん》先生のことやの」

「はい」

「とにかく急ぐさかい、早よ支度してんか。家まではわしが案内するさかい」

娘が奥に這入《はい》ると、まもなく元端が姿を現した。三和土《たたき》で草履《ぞうり》を履きながらも、様子を市之丞に訊く。

「母上様、どないな御様子なんや」

「苦しい苦しいいうて、うんうんうなっているんや」

「お熱はどうや」

「うん、えらい熱や」

「何時からそないなったん」

「年の暮れに風邪を引いたらしいんやけど、なかなか治らんで、年が明けてから熱が出だしたんや」

「苦しいいい出したのは」

「今朝からや。今朝から急に熱も高うなったようや。それでびっくりしてここへ飛んで来たんや」

◆光琳年譜

延宝四年（一六七六）
十九歳
◉一月、母・慈勝院没。渋谷七郎右衛門より『諸能仕様覚語之習』を伝授される。
◉五月、大雨で鴨川氾濫。
◉この年、母に継いで二人の妹が亡くなる。

「ようわかった。急ぎましょう」

元端の言葉が終わるとともに、市之丞は走り出していた。何時の間に手配したのか、駕籠《かご》が一丁家先に待機していた。

山里町の家に着くと、奥の居間には宗謙と兄弟たちが揃っていた。

母のかつは朝方の苦しげな息が熄《や》み、穏やかな顔はまるで熟睡しているかのようであった。

元端は、腕に手を当てて脈を見、瞳孔を確認して、母の胸元に腕を重ね、宗謙に黙礼した。

間に合わなかったのだ。

母の死が確認されると、市之丞は母の胸元に顔を埋めて泣いた。まだ母の体は生暖かかった。

宗謙と藤三郎は腕組みをして頭を垂れていたが、権平や妹たちは涙で顔を泣きはらしていた。

あっけなく母は逝《い》ってしもた。今わの際に何の言葉も交わすことができなかったのが悔やまれた。人の命とは、明日をも知れぬ儚《はかな》いものなんや。

それにしても医師とは頼りにならんもんやな。年の暮れに大先生に診《み》てもろた時には、これははやり風邪やさかい、暖こうしてお薬を飲んどったら、じきに良くなるやろなどと言うとったのに、それで京で一、二と謳《うた》われる名医なんやろか。

市之丞は、何か医師に対する怒りのようなものが、心の中に蟠《わだかま》るのを禁じえなかった。

多代女聞書

夫光琳の母かつは、禁裏御番などを勤めた備中足守《あしもり》の城主木下利房様家来、佐野笑悦の娘で、雁金屋に嫁ぎ、宗謙との間に三男五女を儲けました。よく姑に仕え、夫宗謙を支え、大勢の子どもを育て、さらに奥を切り盛りするというしっかり者で、武家の出ではありながら、商家の内儀《おかみ》になり切っていたようでございます。

この扇の要《かなめ》のような女性の死後、雁金屋は相次ぐ不幸に見舞われ、次第に傾いていくのでございます。

延宝四年十一月十八日

塞ぎ込む権平を参禅に導く

外では、霰《あられ》が竹林にたばしる音がする。

読経と法話が終わると、老師は市之丞と権平を草庵の小座敷に導いた。すると、市之丞とあまり変わらぬ歳格好の若い僧が這入《はい》ってきて、熱いお茶を淹《い》れてくれた。一服すると、冷えきった体が芯から暖まった。

老師が火桶に手を炙《あぶ》りながら言った。

「ほんまに今年は雁金屋どのには御不幸が続かれましたな。宗謙どのもさぞお気を落としてはるやろう。

しかしな、さっきの法話でもいうたが、死は誰もが免れぬものなんや。そやけど、どう生きてどう死ぬかというのは、人さまざまや。己の欲するままにただ面白ろ可笑しう毎日を送るか、世俗の欲を離れて自らを修め仏道に帰依《きえ》するかは、えらい違いや」

市之丞は、何か自分のことを言われているような気がした。

そんな市之丞には構わず、老師は続ける。

「禅は、その己の心を矯《た》めるために行うものなんや。ともすれば放縦に走る己が心を、禅を通じて抑えることができるんや。もし興味があったら、何時でもええ、参禅に来なはれ」

と言って、老師は二人の顔を見廻した。権平が黙っているので、市之丞が、

「権平、早よお願いせんかい」

と促すと、権平は黙ったまま深々と御辞儀をした。

これを見て、老師は苦笑しながら市之丞に向かって言う。

「兄上どのはお見えにならんのかな」

市之丞が慌てて、

「うちは抹香臭いのは苦手でんのや」

と答えると、老師は、一つ咳払いをして言った。

「そういう人こそ本当に禅を必要としている人なんやが。まあ、急ぐこともないやろ、気が向いたらお出で下され」

市之丞が訊く。

「お坊様はいくつの歳に仏門に入りはったんや」

「十《とお》の歳やった。但馬出石《たじまいずし》のお寺に入っての。それから早いもんや、もう五十年になる」

老師は自らの歩んできた道を思い起こすかのように言った。

「若うなくてはいかんのやったら、うちらはもう無理やないか」

「そんなことはあらへん。いくつの歳でもええのや」

「それやったら、死ぬまで楽しんで死ぬ直前に仏門に帰依してもええのん」

と市之丞が畳みかけると、老師も唾を飲み込んで、

「それは理窟やが……」

と続けようとすると、市之丞は、

「せやったら、うちそないするわ。やりたいこと、ぎょうさんあるさかい」

と言い放った。

傍で権平がこのやりとりをハラハラしながら見守っている。

直指庵《じきしあん》をあとにして、

「何や今日は時間の無駄やったな」

と市之丞が軽口をたたくと、

「市兄ちゃん、そんな言い方はようないのと違うか」

と権平は、はっきりと強い口調で反論した。

こんな権平を見るのは、初めてだった。

　この年は正月十三日の母かつの死に続いて、二月二十日には四番目の妹が、さらに五月七日には末妹のとくが短い命を終え、雁金屋はたて続けの不幸に見舞われました。

　ちょうど多感な年頃となっていた権平は、ただでさえ無口なのが一層塞ぎ込んで、日がないちにちボーッとしていたり、宗謙の書斎に入って難しい本に読み耽ったりしていたようで、そんな権平を心配して、宗謙がかねて旧知の独照性円《どくしょうしょうえん》老師の許に参禅させてみようと思いたったのでございます。

　老師は臨済禅を学びましたが、正保三年に南禅寺を出て、北嵯峨細谷の地に草庵を結びました。それが直指庵でございます。権平は熱心に参禅を続けたようで、それが後に老師の弟子で直指庵を継いだ、月潭道澄《げったんどうちょう》師との交遊につながって参ります。

延宝五年三月十四日

女院様を訪ねる途中、源坊に会う

市之丞が小川から上って元誓願寺の通りを越え、二軒目の右手、紺地に白く菓子舗松屋山城と染め抜いた暖簾を潜ると、見慣れた才槌頭《さいづちあたま》が眼の前に飛び込んできた。八文字屋の源丞《げんのじょう》だ。

「やあ、源坊やないか」

といって背中をたたくと、源丞は振り返って、

「なんや、市ちゃんか、久しぶりやな」

と笑顔を向ける。今日は正絹の羽織を着て、すっかり大店の若旦那風になっている。

源丞が市之丞に訊く。

「これからどこへ行くん」

「女院様の所や。ここの『味噌松風』がお好みやし、お伺いする時には何時もお土産に持って行くんや」

「お具合の方はどないやの」

東福門院が前の年から体調を崩され、時おり病臥されておられることは、

源丞も知っていた。

「良いかと思うと悪ろなったり、一進一退のようや。もうお歳やさかいなあ」

「でも、御注文はあるんやろ」

「ありがたいこっちゃ。御注文の際に、絵柄や染のお話をされるんやけど、それが一番お元気になるそうや」

「幾つになっても、をなごなんやな」

源丞は大人びた口調で言った。

「何時も市ちゃんが御注文を承りに行くん」

「このところお父ちゃんもあまり元気のうて、わしが行くことが多いんや。女院様も市を呼べなどとお供の者にいうてるそうや」

「市ちゃん、えらい年上の女《ひと》にもてるんやな」

そう言って源丞は笑った。

市之丞もつられて苦笑いしながら、

「衣裳道楽やさかい、御注文もなかなか細かいんや。お好きな模様や色もわかってるんやけど、女院様は一つとして同じようなものはお作りにならんのや。そして今までお作りになったものは、すべて覚えてはって、これは何年前に作ったとか、あの時に着たもんやとか、いろいろお話しされるんや。

絵柄なんかも、肩、背、袖、脇、裾と、どの場所に何を、滝なら滝をどう

◆光琳年譜
延宝五年（一六七七）
二十歳
◉五月、西鶴、一夜一日独吟千六百句興行。
◉十二月、盗賊、法皇御所を荒らす。

流すか、藤の花なら藤の花をどこにどの色で配するのか、立波の模様ならどのくらいの大きさのものにするのか、鹿《か》の子を使うのかどうか、金糸・銀糸の縫取りをするのかどうかなど、みんな御相談をして決めてくるんや。お話を聞いて、わしがそれを絵に落として、また御相談をするんや」

「市ちゃん、絵が上手やさかい、それでか」

と源丞は納得したようだった。

「うん、そういうことや」

こんなやりとりをしている間に、いつもの味噌松風の包みが出来、市之丞は主人の勘兵衛に代金を支払って源丞とともに外に出た。

「ところで、さよ姉ちゃんどないしてるん」

市之丞が小声で訊く。

源丞の姉のさよが、最近茶屋の家を出て八文字屋に戻っているという噂を、市之丞も耳にしていたのである。

「そら、元気ないわ。家の中でじっとしているだけや。お母ちゃんにも何も言わんようやし、言いたくないことあったんやろな」

市之丞が黙っていると、源丞が続ける。

「これは噂やけど、茶屋のぼんはをなごよりをとこの方がええみたいなんや。宮川町なんかにもよう行っとるという話や。そんなことなら、はなから嫁《い》くんでなかったのにな。お姉ちゃん、かわいそうや」

市之丞が源丞を励ますように言った。

「源坊、今度御室《おむろ》で花見の会があるやろ。そこで、市がさよ姉ちゃん楽しませたる。きっと姉ちゃん連れてくるんやで、きっとやで」

多代女聞書

東福門院様は慶長十二年のお生まれですから、延宝のこの年には既に七十を越えていらっしゃいました。

延宝三年の末に、後水尾上皇の八十歳の賀寿が仙洞御所で催されましたが、それが東福門院様が公の場にお出ましになられた最後で、年が明けてからは時々病の床に臥すことが多くなったようでございます。

夫光琳は、そのような最晩年の東福門院様の許《もと》へよく伺候していたようですが、御不例の時でも女院様は凛とした気品を保っていらっしゃったと、後になってよく申しておりました。

延宝五年三月二十日

さよのため、出し物に趣向を凝らす

御室の山懐にある仁和寺に、遅咲きの桜が咲いて、ここからは五重塔が白い雲の上に浮かんでいるように見える。

みほは山荘の裏手にある物干台で、洗濯物を取り入れていた。

今日は終日うららかな春風に恵まれ、日のひかりをいっぱいに浴びた洗濯物がよく乾いていた。

いつの間に帰ったのか、後《うしろ》から左門《さもん》が声を掛けてきた。

「みほちゃん、あんた前に雁金屋に奉公しとったいうてたな」

「ええ、でも何年も前のことやけど。何ぞありましたんか」

みほは、雁金屋の御内儀《おかみ》さんの死や、それに続く不幸のことは聞いていたが、また何か嫌なことがあったのかと思った。

左門は華やかな花見小袖を脱いで、衣桁《いこう》に無雑作に掛け、薄紅色の襦袢姿のままで言った。

「今日御室で呉服所《どころ》の花見の会があったやろ。そこで雁金屋の若たちが、『黒塚』[*1]を演ったんや。それも面白《おもろ》い趣向なんで、みんな大笑いやった。

藤さまがワキの阿闍梨《あじゃり》で、市さまが鬼女なんよ。アイ＊2の能力《のうりき》は、八文字屋の若やった。

ほんまのお能やったらお面つけとるやろ。でも今日のは直面《ひためん》で、そのかわりに市さまはお白粉《しろい》塗りたくってるんや。紅もさしてな」

花背の里に帰って以来、みほは市之丞に何年も会うこともなかったが、時にその人懐っこい笑顔を思い出したりすることがあった。しかし、さすがに市之丞がお白粉を塗って紅をさしている顔は想像できなかった。

左門は思い出し笑いをしながら続ける。

「それで、糸繰りのところがあるやろ。

〽あさましや人界《にんがい》に生を受けながら、かかる憂き世に明け暮らし、身を苦しむる悲しさよ

というとこや」

左門は『黒塚』の一節を唱えて言った。

「あっこで市さまが早替わりして、島原の太夫に変化《へんげ》するんや。うち、ドキッとしてもうた。

そして赤い糸をどんどんと手繰《たぐ》り寄せると、何時のまにひっかけたんか、どこぞのお店の御主人や、その羽織の背につながっとったんや。うちの人や

のうてよかった」

みほが左門に訊いた。

「何で旦那様でのうて」

「それからなんや。市さま、その御主人の首筋にガブリと歯を立てはったんや。御主人、御内儀さんの方向いて、『お母ちゃん、助けて』と大声で叫んだんやけど、その間の抜けた声に、みんな腹をかかえて笑うたんよ」

聞いているみほも、思わず笑みを漏らした。

「確かに黒塚の鬼女は人を食うんやから。でも、あそこまでやるとは思わなんだ。

何でも市さまが全部考えはったようや。それもな」

と、左門は真面目な顔になって、みほに向かって言った。

「八文字屋の出戻り娘のために考えはったそうや。何て言うたかな」

「さよさまどっしゃろ」

「そやそや、そのさよを喜ばせるために、あんな格好をして、あちこちに頼み歩いて、今日の出し物となったようや。

をなごやったら、そないまでしてくれたら、嬉しおすやろなあ」

「それはそうどすな」

みほは心の中で、軽い嫉妬を感じた。

左門が思いついたように言った。

「そうや、今度うちで連句の会があるやろ。その余興に市さまに来てもろて何ぞやってもろたらどないやろ。みほ、どう思う」
みほは首を振って断言した。
「市之丞様は気が向かんと何もしやはらしません方やさかい、御無理と思います」

多代女聞書

花背の里に帰っていたみほは、里の農家に嫁ぎ、一子を儲けましたが、間もなく夫に死なれ、止むなく児を里に預けてこの頃、鳴滝山荘の下女として働いておりました。

鳴滝山荘とは、呉服商三井の一族で俳人秋風として名高い三井六右衛門様が贅《ぜい》を尽くして造った別荘で、鳴滝竜宮とも称されました。

山荘の女主人左門はもと島原の太夫で、初め両替町の大黒屋善五郎に身請けされましたが、そこを離縁となり、この頃六右衛門様に身を寄せていたのでございます。

＊1 黒塚
陸奥の安達原（黒塚）で老婆の宿を借りる山伏たち。主の正体を鬼女と知った一行の恐怖と女の悲しみを表す能。

＊2 アイ
能の中で演じられる狂言、あるいは狂言方。

延宝六年三月七日

弥助が大名貸でひと芝居打つ

花曇りの空が次第に暗くなって、午《うま》[*1]の刻を過ぎた頃から小雨が降り出してきた。その雨の中を中立売小川の雁金屋に一人の男が訪ねてきた。色浅黒く精悍な面構えである。歳の頃は三十程。

その男に手代の弥助が相手をしている。

「急に降ってきよったな。濡れへんかったか。早速やが首尾の方はどないや」

男は落ち着いた口調で答える。

「大体のところは、こないだ話をした通りや。御家老の渡辺様とは話がついた。うまく行ってると考えてもろてええ」

弥助はニヤリと笑って、

「それでひと安心や」

と言い、声をひそめて続けた。

「以前もいうた通り、旦那様は呉服のことやったら何でも知っとられるけど、こちらの方は何も御存知やない。しかし、商人《あきんど》としての欲は人並みに持っ

光琳年譜

延宝六年（一六七八）
二十一歳

●三月、佐久間備中守勝豊より借金をする。
●六月、東福門院和子没（七十二）。
●『東福門院御用呉服書上帖』（自正月至九月）あり。

てはる方や。

店のお金のことはこの弥助が仕切っとるんやけど、最後にお決めになるのは旦那様や。そやから旦那様がお決めになりやすいように工夫せなあかん。ほな打ち合わせ通りに、よろしゅう」

それだけ言って二人が世間話に興じていると、しばらくして宗謙が客座敷に入ってきた。

男は一礼して名を名乗った。

「手前、北脇市兵衛と申します。以後お見知りおき願いまする」

「雁金屋尾形宗謙と申す。今日は雨の中御苦労様」

と型通りの挨拶の後、弥助が早速用件にと促して口火を切った。

「して、（佐久間）備中守様の件はどないなっとるんや」

市兵衛が叮嚀《ていねい》に説明する。

「借銀は銀十五貫目、利息は十貫目当たり一カ月に百匁《もんめ》、期間は三カ年で、元銀と利息を毎年霜月中旬に、三回に分けて滞りなく支払うという条件で、備中守様は納得されておます。ま、常識のうちかと……」

と言い終わらぬうちに、弥助が市兵衛を遮って声を荒らげて言った。

「何いうてるんや。市兵衛はん。金利は百十匁までは大丈夫やと、こないだ約束したやないか。何で今日になって百匁やねん。そんな条件やったらこの話はなしや。備中守様の方から是非にというんで、こちらも金を工面しとるんや。こっちから頼んだんやないで」

市兵衛は唇を噛みしめながら懇請する。

「そらわかっとりま。せやけど備中守様のとこも御多聞に漏れず手許不如意、何とかこれで頼んでくれといわれてきたんや。弥助はん、そこ何とかなりまへんやろか」

「何ともなるわけないやろ。約束は約束や。百十匁、鐚《びた》一文まからん」

弥助はけんもほろろに言い放った。

しばらくの沈黙の後、市兵衛が肺腑《はいふ》を絞るような声を出した。

「約束は確かに約束、もいちど先様にかけ合ってみよ思います」

ここで宗謙が口を開いた。

「うむ、北脇はん、よろしゅうお頼申します」

宗謙の脇では、弥助が意味ありげな含み笑いをしていた。

市兵衛が帰った後、今日のやりとりを宗謙から聞いた市之丞は、弥助と市兵衛がつるんでひと芝居打ったのではないかと直感した。

しかし、それを言ってみたところで、近頃一段と老け込んで人の言うことに耳を貸さなくなっている父を怒らせるだけだろう。こんな時、七兵衛がおってくれたらなと市之丞は思った。

多代女聞書

雁金屋がその貯えを元手に大名貸を始めるのが、この頃からだったようでございます。

世の中が次第に華美となり、人の家にありたきは金銀というような風潮の中で、雁金屋も京の富商の一として、人並みに金主となって利を求めようというつもりから始めたものが、後にその多くが貸し倒れとなり、かえってその没落を早めたのでございます。

さらに雁金屋にとって不幸なことは、長年雁金屋に勤め金銭出納一切を仕切っていた番頭の七兵衛が、前年の末に高齢の故をもって身を退《ひ》き、丹波の生まれ在所に帰ってしまった後、弥助がそれを委《まか》されたということでした。

＊1 午の刻
午後十二時頃。

延宝六年六月十六日

昨夜、女院様が亡うなられた

京は梅雨も上がり、空には真夏の雲が浮かんでいる。四条河原には涼を求めて散策する人波が続いていた。そのとある一角、ちょうど、黒山の人だかりがどっと笑い声を上げた所だった。市之丞が近寄ってみると、輪の中心には派手な身なりをした一人の男が、汗をかきかき何やら声を張り上げている。背中に「露の五郎べえ」と記した幟《のぼり》を背負っていた。

これが今評判の五郎兵衛かと思って、市之丞は輪の外側に立ち止まった。次の咄《はなし》が始まっている。

「次は狩人《かりうど》の話や。ここに狩人がおってな、ある山で、猪に出くわしたんや。そやけど、慌てとったもんやさかい、弾を込め忘れて空鉄砲で打ちよったんや。ところが猪もあわて者やったんか、驚いてコロリと死んでもうた。そこに折よく猪買《ししかい》がやって来てな、狩人はこれ幸いと猪買に猪を売ったんや、そしたら猪買は、『なんやこの猪には鉄砲のあとがないやないか、いつ死んだんかわからへん。古うはないか』と訊いたんや。狩人は、『何いうてんのや、たった今打ったところや』『いや古そうや』『打ったばかりや』『古い』『そうやない』と二人で口論しとったら、この猪むくむくと起き上がり、山をさして逃げてもうたんや。狩人、猪を指さして言いよった。『ほらみい、あんなに新しいやないか』」

ここで聴衆がまたどっと笑った。すると何時の間に現れたのか、五郎兵衛と同じ柄の着物を着た若い女が、笊《ざる》を持って小銭を集めている。

市之丞はそれに銭を数枚投げ込んで、あらためて五郎兵衛の顔を眺めた。それにしてもひょうきんな顔や。それがひょっとこみたいに口を尖《とん》らせると、誰もが可笑《おか》しみを感じざるを得ない。

女院様が亡《の》うなっても、上皇様が亡うなられても、この五郎兵衛も、大勢の聴衆も、何も変わらんのやな、世の中というもんはそんなものなんやなと、五郎兵衛の顔を見ながら市之丞は思った。

咄が一段落したところで、市之丞は人の輪を離れ、橋を渡って川端通りを少し上り、白川の角を右に曲がって、家出同然となっている藤三郎を訪ねた。兄の居る家は、石畳の小路の奥にあった。水打ちされた石畳に涼気を覚える。

家に這入《はい》ると、三和土《たたき》には女物の草履が脱ぎ捨てられている。

市之丞が口を開く。

「藤兄ちゃん、昨夜女院様が亡うなられた」

「うん、知っとる」

藤三郎も東福門院の死を知っていた。

「家《うち》もこれから大変や。女院様あっての雁金屋やったから。何時かは、こういう日が来るやろとは思うとったが。お父ちゃん、口に出しては言わはらへんけど、お兄ちゃんに家に帰ってきてもらいたいようや。藤兄ちゃん、お父ちゃんに詫びを入れるええ機会やないか」

と市之丞が言うと、
藤三郎は、

「何や、市。それを言いに来たんか。余計なことするな。わしは帰らへんからな。どんなことがあっても帰るつもりはない。お父ちゃんにもよう伝えとき」

ときっぱりと言った。気まずい沈黙の後、市之丞は訊いた。

「お兄ちゃん、どうやって暮らしているんや。お金だって要《い》るやろ。誰ぞの世話になっとるん」

藤三郎は不愉快そうな顔をして言った。

「市、おまえにそんなこと訊かれる筋合いはない。用ないんやったら、早よ帰ってんか」

兄の家からの帰途白川の角で、市之丞は弥助が御武家様らしい人物と連れ立って歩いているのを見かけた。

多代女聞書

私《わたくし》が雁金屋のお店に時々お伺いするようになったのは、東福門院様が亡くなられた頃からでございました。その頃、雁金屋は急に火の消えたようになり、吉田の父もそこからの注文の激減に思案投げ首の毎日であったことをよく覚えております。

そのような打撃に加え、夫光琳の父宗謙を悩ませていたのが、藤三郎の不行跡で、当時祇園のお茶屋の別宅に、藤三郎は勘当同然の身を持て余していたのでございます。

延宝七年五月十二日

光甫と権平が並んで土をこねる

どんよりとした梅雨空に南風が吹いて、じっとしていても汗が出る蒸し暑さの中で、権平は額に玉のように浮かんでいる汗を拭おうともせず、一心不乱に土をこねていた。

鷹ヶ峯の本阿弥光甫《こうほ》の屋敷内である。それはちょうど雁金屋の屋敷の真向かいに位置していた。

光甫も権平と並んで同じように土をこねていたが、手の動きを止め、権平に向かって言った。

「権平、見せてみ。どないな出来具合かよう見たる」

権平が泥だらけの手のまま土塊《つちくれ》を光甫に渡す。

光甫はしばしこね返して言う。

「まだまだや。まだ土が生きとらへん。ただ力を入れればええというもんやないんや。をなごを抱く時のように、時にやさしくまた時に力強く、土の様子を見ながらこねるんや」

まだ女を知らない権平は、耳を赤くして黙っている。

◆光琳年譜

延宝七年（一六七九）
二十二歳
◉十月、越後騒動。
◉本阿弥家領鷹ヶ峰、幕府に召し上げられる。

「そしてな、次第に土と気持ちが通じ合えるようになるんや。そこまではまだまだ時間がかかるやろ。でもな……」

と、光甫は息をついで続けた。

「わしの見るところ、権平、おまえにはそれができる。なんでかいうたら、おまえには良いものを作りたいという以外の欲がないからや。そういうええもんを持ってるんやから、もっともっと伸びていくんや。ええか」

光甫は諭すように言った。

権平はひと言、

「うん」

と言って、光甫から返された土をまたこね始めた。

光甫が手を休めたまま言った。

「権平、大事なことはな、おまえが今しとるみたいに黙ってものを見ることなんや。これは菫《すみれ》の花やとか、これは鷺やとか、これは簪《かんざし》やとか、言葉でものを見たらあかんのや。

言葉を忘れてしもて、そのものを黙って見続けてみ。次第に菫の花かて、いろんな表情があることに気づくやろ。そこに気がつけば、何刻《とき》見続けてても、飽くことはないのや。それができなんだら、いくら土をこねても、どんな釉薬《うわぐすり》を使《つこ》おても、ええものはでけん。

それが、八十年の人生でわしが悟ったことや」

権平は、兄市之丞だったら「八十年でたったそれだけ」とまぜっ返すに違いないと思った。しかし、光甫の言葉は権平の心に深く浸み透ってきた。権平が訊く、

「そやけど、本阿弥のおじさんとうちでは見る眼が違うやろ。どないしたらおじさんのようになれるん」

光甫は眼を細めて答えた。

「ええこと訊きよる。そうなんや。人によって見る眼が違うんや。誰でもある程度までは見えるようになるんやけど、そっから先へ行けるんはごくひと握りの人だけや。そして、さらにその先もあるんやけど、そこまでいったら百年に一人というような天才や」

権平が短く問うた。

「例えば」

「例えば……光悦とこのわしじゃ」

と光甫は笑って言った。

「祖父の光悦の眼、残念ながらこのわしは八十年かけても、それを持つことはできなんだ。それは仕方のないことなんや。そやから天才なんや」

権平はその率直さに魅せられた。

「それから」

「俵屋もそうや、俵屋宗達、烏丸光廣、石川丈山、小堀遠州、そういった

人々が、光悦と並ぶ巨人なんや」

「今の人は」

「今の人はわからん。でも、もう巨人たちを輩出したああいう時代は来《き》いひんやろな」

光甫は宙を見据えて、しっかりとした声で言った。

権平は、これから世の中はどないなっていくんやろかという、漠然とした不安を感じた。

多代女聞書

空中齋と号した本阿弥光甫様は、直接血はつながっておりませんが、光悦様から三代目に当たる方でございます。お祖父《じい》様同様諸芸に通じていらっしゃいましたが、特に作陶に長じておいでした。権平が後に作陶で身を立てることとなるのも、光甫様のお導きがあったためでございます。

延宝八年閏八月七日

遊所でさよの夢を見る

巨城が真っ赤になって燃えている。赤い炎と黒々とした煙が、夕暮れの黒みを増し始めた空に吸い込まれている。

城門が開いて、髪を振り乱し着物の裾をからげた女たちが、それぞれ両手を屈強な武者に取りおさえられて歩いてくる。中には煤《すす》で顔の黒ずんだ者もいる。

何や、先頭を歩かされているのはさよやないか。何でさよがこんな所に居るんや。

松の切り株に腰を下ろしていた市之丞は、驚いて思わず声を上げそうになった。

女たちと武者の一団は城壁に沿って歩き、大きな一枚岩のある石垣の前に立ち止まった。

そこには鉄炮組の隊士が銃を揃えて待機していた。女たちは、石垣を背に横一列に並ばされて目隠しをされた。

こらアカン、さよを助けなと思って、市之丞は立ち上がろうとするが、体

光琳年譜

延宝八年（一六八〇）
二十三歳
●五月、徳川家綱没（四十）。
●七月、宗謙が父母、妻、娘五人の菩提のため深草宝塔寺に田地六百五十坪を寄進する。
●八月、後水尾法皇没（八十五）。徳川綱吉、将軍宣下。

が金縛りにあったように微動だにしない。

鉄炮組の組頭なのか、白髪頭の老武者が女たちに何か言っている。言い終えると老武者は振り返って隊士の方を向いた。

アレッ、佐野のおじいちゃんや。何でおじいちゃんがそんなことをするんや。

老武者の号令一下、数十丁の鉄炮が一斉に火を吹いた。

その瞬間、
市之丞は、「アカン、アカン、おじいちゃん、アカン」と大声で叫んだ。

「痛、何するんや」

傍で寝ていた三舟が金切り声を上げた。

「何や、夢やったんか」

市之丞は、ほっとしたような声を出した。声を出した時、女を蹴飛ばしたのだった。

「すまん、すまん、堪忍してや。変な夢見とったさかい」

「どんな夢やったん」

と三舟が訊く。

「恐い夢やった。よう知っとる人が殺されそうになったんや。それで助けよ思たんやが、体が動かへんのや。あ、、恐ろし」

「市さまのことやから、好きなをなごはんの夢やろ……隠さへんでも顔にかいたはる」

そう言うと、三舟はプイと顔を背けてしまった。市之丞が黙っていると、しばらくして三舟は軽い鼾《いびき》をかき始めた。

そういえばお母ちゃんがよう話をしてくれた。大坂の陣での佐野のおじいちゃんの活躍の話や。佐野の祖父は、当時元服してさほどの年も経っていなかったんやけど、曾祖父とともに木下宮内様の下、大坂で初陣を飾ったんや。何でも天下の豪傑後藤又兵衛の軍と戦《たたこ》うたらしい。それが自慢で戦《いくさ》の話になると、必ずその時の模様を話さはったそうや。亡《の》うなった時、まだ五つやったから、顔は覚えとるけど話は覚えとらん。そのかわり、その話を何十回も聞かされていたお母ちゃんから聞いたんや。

何でも大槍で、後藤の何とかいうた侍大将の股《もも》を突きさしたそうや。侍大将が馬から転げ落ちたところを、おじいちゃんのお父ちゃんと二人がかりで止《とど》めをさしたんや。

その話をお母ちゃんがする時、いつも懐に手をやって、エイッという声とともに小刀を突きさす真似しとった。そのお母ちゃんも、亡うなってもう四年になる。

延宝九年八月十五日

源坊に江戸の様子を訊く

丸二日間にわたった暴風雨もおさまり、台風一過、京の空は抜けるように青く、雲ひとつない。

市之丞が中庭で長兵衛や谷太郎とともに、吹き飛んだ屋根瓦の後片付けをしていると、八文字屋の源丞《げんのじょう》が顔を見せた。

「えらい風やったな。源坊のとこはどうやった」

と市之丞は、泥に汚れた両手を手拭いでふきながら訊いた。

「うちは大したことなくてよかったんやけど、西洞院《にしのとういん》の茶屋は母屋の屋根が吹き飛ばされたそうや。それで心配になって市ちゃんの所へ来たんや」

「うちも見ての通りや。今日いちにちで片付くやろ。それはそうと、江戸はどないやった。もし時間あるんやったら、お茶でも飲んでいかへんか」

市之丞は院使のお伴をして江戸に東下していた源丞を座敷に促した。

「で、何時帰って来たんや」

「五日ほど前に帰ってきたとこや。帰った思たらこの大風や、旅先でのうて

光琳年譜

延宝九年／天和元年（一六八一）

二十四歳

●二月、大老酒井忠清隠居。
●狩野探幽の『騎驢布袋図』を模写する。
●土佐光起、法橋となり常昭と号す。

よかった」

「そやな、江戸には三月《みつき》ほど居《お》ったんやろ。お上《かみ》が代わって、随分世の中が変わったと聞いたんやけど」

「えらい厳しい御方のようや。ちょうどおった時にもな、越後高田の御家騒動に厳しいお裁きを下されたんや。小栗《おぐり》（美作守）様は切腹、永見《ながみ》（大蔵）様は八丈島へ流罪、そして越後守（松平光長）様はお取り潰しとなったんや。それも御三家や重臣の居並ぶ中で、御自分でお裁きを下されたんで、周りの者は震え上がったらしい。これは板倉（重種）様の御家中から聞いた話や」

源丞の話に市之丞は耳を傾けている。

「御大老（酒井忠清）の仕置きが気に入らへんかったんやろな」

「そうや、酒井様を二月に隠居させてからは、誰も何も言えんようになってるようや」

「それも恐いな。何するかわからんということやから」

「そうなんや、わしらの商《あきな》いにもかかわってくることや」

と源丞が真面目な顔付きで市之丞の眼を見つめた時、髪を玉結びに結った娘が茶を二つ淹れてきた。

一礼をして娘が部屋を出ていくと、源丞が訊く。

「誰やの」

「多代《たよ》いうてな、染屋の吉田の娘や。このところ店手伝うてもろてるんや。

うちはをなごがもうおらんようになってしもたさかい」

「ええ娘《こ》やないか」

「さよか」

と市之丞は気のない返事をしてから言った。

「あれと下に二人妹がおるんやけど、すぐ下の妹の美代の方がわしの好みなんや。でも、もう片付くことになってしもた。大坂の吉文字屋の跡取りや、うちに立ち寄った時に、美代を見初めたようや。美人は得やな」

「吉文字屋いうたら糸問屋の」

「そうや」

と市之丞は肯いた。

「ところで、さっきの話の続き、市ちゃんも知っとるやろけど、石川六兵衛の妻女の一件なんや」

「お上の上野御社参の駕籠に、伽羅《きゃら》の煙を煽《あお》ぎかけたという話やろ」

「そうや、それもそのためにわざわざ町屋を借り、金屏風を立て回して、腰元二人を花のように着飾らせ、台子《だいす》にくべた伽羅を金の扇子で煽ぎかけたんや」

「そういえば六兵衛の妻女は二年ほど前、京まで伊達《だ》競《てくらべ》に来よったな。小紅屋の妻女と競うたんや」

「そうや、そのをなごや。こないなことをすれば、ただでは済まされん。家財没収の上、江戸御構い（追放）となったんもあたり前や。ただな、そういうのがきっかけとなって、鹿の子はいかんとか、町人は木綿にせいとかいう世の中になるのが恐いんや」

そう語る源丞が、市之丞には一段と大人に見えた。

多代女聞書

私と二人の妹が、雁金屋の中立売のお店に代わりばんこにお手伝いに上がることとなったのは、厳有院様（家綱）から常憲院様（綱吉）へ代の変わった頃のことでございました。

妹の美代は間もなく縁談が決まって、大坂の商家に嫁ぐこととなりましたが、私と一番下の妹は宗謙が亡くなるまで、そのお世話をしたのでございます。

天和二年九月十一日

藤兄の女が川に身を投げる

藤三郎と市之丞は、放生川《ほうじょう》の堤に並んで腰を下ろしていた。堤には薄が群れ生い、秋風に穂を揺らしていた。

放心したように川面を眺めていた藤三郎は、突然両手の拳《こぶし》で自分の頭を叩き、呻《うめ》くように言った。

「何てわしは情ない男なんや。えみ、何で死んでもうたんや、えみ」

死者に呼びかけるかのように悲痛な声を上げて、藤三郎は頭を垂れて蹲《うずくま》ってしまった。

祇園のお茶屋の一人娘であったえみは、以前より藤三郎と深い仲となっていたが、ひと月ほど前にこの男山の麓を流れる放生川に投身して、自ら若い命を断ったのだった。

市之丞がポツリと言った。

「藤兄ちゃんのこと、一途に思とったんやろなあ」

眼に涙を溜めた藤三郎が消え入るような声で言う。

「うん、そやさかい、わしの心変わりをどれほどつらく思とったか。それ思たら気が狂いそうになるんや。わしかて、あの娘《こ》が死んではじめてほんまの自分の気持ちがわかったような気がする。心変わりでも何でもないんや。わしかて心底惚れとったんや。

でも、わしはえみの後を追うことは出来《でけ》なんだ。臆病者なんや、このわしは」

藤三郎は感情の高揚を隠し切れないように、次第に声色を高めた。

市之丞が何と慰めたらよいかと思っていると、藤三郎が続けた。

「えみはな、わしに書き置きを残しとったんや。そこには、

〽なまめき立てる女郎花
うしろめたくや思ふらん
女郎と書ける花の名に
誰偕老を契りけん

と綴ってあったんや」

市之丞が、

「『女郎花《おみなめし》』[*1]やな」

と言うと、

「そうや。そしてこの川に身を投げたということは、わしに後を追って死ん

◆光琳年譜

天和二年（一六八二）
二十五歳

◉七月、本阿弥光甫没（八十二）。

◉十二月、八百屋お七の大火、深川の芭蕉庵も類焼する。

でほしいいうことなんや。小野頼風《よりかぜ》のようにな」

藤三郎はここでぐっと息を飲み込んで続けた。

「でも、このわしは死ぬることは出来《でけ》へなんだ。そしてこの自分が心中の生き残りになったような気がする。町行く人が皆、ほれあれを見い、あれが心中の片割れの雁金屋の若やと噂しとるような気がするんや。

この業《ごう》を、わしはこの先、一生背負って生きんとあかんのやろな」

市之丞は慰める言葉を持たなかった。河原の叢《くさむら》では、鈴虫がここかしこで鳴いている。

しばしの沈黙の後、藤三郎は気を取り直したように言った。

「市、わしな、お父ちゃんに謝って許しを乞おう思てるんや。あれもこれも自らが蒔いた種で、お父ちゃんや亡うなったお母ちゃん、そしてえみを苦しめてきたんや。許してくれるかわからへんが、わし、心を入れ替えよ思てるんや」

「藤兄ちゃん、それがええ、そうしたらええ。お父ちゃんかて、お兄ちゃんからそういうてほしい思てるんやから」

市之丞がほっとして藤三郎を励ますと、藤三郎もやっと口許に少しばかりの笑みを漏らした。

夕暮れの中で、遠くに見える淀の城の白壁が、朱鷺《とき》色に淡く染まっていた。

＊1 能『女郎花』
石清水八幡の麓に住む小野頼風の妻は、しばらく訪れぬ夫を心変わりと恨んで放生川に身を投げる。妻を埋めた塚から女郎花が生い出で、いまだに恨むその風情に哀れを感じ、頼風もその後を追う。

多代女聞書

宗謙に勘当されていた藤三郎が、宗謙の兄、頂妙寺の日意上人のとりなしでようやく勘当を解かれたのは、翌天和三年の中頃のことでございました。

この父と兄との和解には、夫光琳も水面下で随分と骨を折ったようでございます。夫にしてみますと、兄が帰ってこないで自分が店を継ぐような破目には陥りたくないとの気持ちもあったのでございましょう。夫はそういった商《あきない》が自分の性に合わないことを、一番よく知っていたからでございます。

天和三年二月二十五日

弥助がさよの逢引を探らせる

曇り空から小雪が降り出している。そんな寒い朝だったが、御室仁和寺の前の朝市は多くの人で賑わっていた。みほが魚店《うおだな》の前で乾鮭《からざけ》の品定めをしていると、後ろから聞き覚えのある声がした。

「おい、みほ。ここにおったんか。探しとったんや」

みほが振り返ると、雁金屋の弥助がニタニタ笑いながら立っていた。

「何や、弥助はんか」

「久しぶりやな、元気そうやの」

みほは手早く乾鮭を藁苞《わらづと》に入れて答えた。

「お蔭様で、弥助はんもお変わりなく」

「貧乏暇なしや」

と弥助は言って続けた。

「実はな、お前に頼み事があって探してたんや」

「何ですの、その頼み事いうんは」

みほは怪訝な顔をして訊いた。

「こっから泉谷《いずみたに》に入る道の角に、大きな榎《えのき》のある家があるやろ」

「ええ、それが」

「誰の家か知っとるか」

「近衛家の進藤（筑後守長富）様のお宅どっしゃろ」

「そうや、その進藤様や。進藤様の別宅になっとるんや。そこに通うてくるをなごがおるんや。みほ、知っとるか」

「そんなん、知らしまへん。そのをなごはんがどないしはりましたん」

とみほが訊くと、弥助は鼻をうごめかして得意そうに言った。

「そのをなごとはな、噂やけど八文字屋の出戻り娘なんや」

「さよ様が」

「そうなんや、進藤様のとこにさよ様が通うてるらしいんや。そこでな」

と弥助は猫撫で声で言う。

「お前に頼みたいんは、進藤様の小女から今度いつさよ様が来よるんか、聞き出してほしいんや」

「いややわ、そんなん」

みほは頭《かぶり》を振って拒絶した。

弥助は動じる風もなく、

「お礼はたっぷりはずむさかい、頼まれてんか」

と言って、みほの眼を覗き込む。

光琳年譜

天和三年（一六八三）
二十六歳
◉五月、兄・藤三郎の勘当が解け家督を相続する。
◉三井高利、江戸に両替店を開く。

「何でうちがそないなことやらなあかへんの。ご自分で訊かはったらよろしおますやろ」

「いや、内々に調べなあかんのや。これは旦那様からのお指図での、先方にわからんように調べてくれいわれとるんや。わしが行ったら、雁金屋の名が出てしまうやないか。みほも知っとるように、市様はさよ様のことをいまだに思うておられるんやけど、さよ様の方は相手にされへんのや。旦那様は市様に思い切らせて、早よ市様にお嫁さんを迎えたいと思てるんや。旦那様はこのところだいぶ体も弱られての、自分の眼の黒いうちに市の身を固めたいというとられるんや。

みほ、力になってくれるやろな」

弥助は有無を言わせぬ強い口調で言った。

みほは、弥助の話のどこまでがほんまなんやろかと半信半疑であったが、一方、市之丞にさよを思い切らせることができるんやったら、とも思った。

みほが黙っていると、弥助は、

「お父ちゃん、具合悪いんやろ、薬代の足しにしたらええ」

と言って、小粒銀をみほの手に握らせて続けた。

「ええ仕事してもろたら、礼はたんとはずむさかい、頼むわ、みほ」

弥助はみほの肩を軽く敲《たた》くと、もう用は済んだとばかり、市の雑踏の中に姿を消した。

みほは、何で弥助はんはうちのお父ちゃんの病気まで知っとるのやろと思って、何か背筋の寒くなる思いがした。

多代女聞書

夫光琳の父宗謙は元和七年の生まれで、この年、六十三歳となっておりました。妻のかつや娘たちには先立たれ、藤三郎との不和が続き、そしていっこうに家業に身を入れようとせず遊び歩いている市之丞に頭を悩まされ、さらに商いも次第に傾いていくという晩年を迎え、この頃より病で床に臥すことが多くなっていたのでございます。

天和三年十月四日

源丞の祝言の日、さよと会う

この日、室町通下立売下町《しもだちうりしもまち》の八文字屋では、跡取り息子源丞《げんのじょう》の祝言披露宴が開かれていた。

奥の間、中の間、次の間がすべて開け放たれ、コの字型に膳部が並べられている。正面の秋草を散らした華やかな金屏風の前には、源丞と花嫁の銀座年寄後藤三右衛門の次女まちが座り、その両脇を仲人の金座頭取後藤庄三郎夫妻が挟んでいる。

花婿の源丞は、黒の紋付羽織袴に威儀を正している。このところ少し肥えて、八文字屋の若主人の貫禄がつき出していた。さすがに今日はにこやかな表情だ。

花嫁のまちは、練帽子《ねりぼうし》をかぶり、白の打掛《うちかけ》を着て、大和錦の帯を締めている。練帽子でよく見えないが、恥ずかしがっているのか、ほんのり赤い顔がほとんど下を向いている。

招待客は左手に呉服所。後藤縫殿《ぬい》助、茶屋四郎次郎、三島屋吉兵衛、亀屋庄右衛門、橋本平三郎、上柳彦十郎、伊勢屋市左衛門と続く。右手は銀座役人。末吉孫九郎、糸屋清五郎、小南利兵衛、中村九郎右衛門、野村吉兵衛、小西彦右衛門、岸部次郎右衛門、深江七左衛門など。

末席に連なっていた市之丞は、「何や室町と両替町が一緒になったみたいやな」と思った。

宴は、小南利兵衛が自慢ののどで謡う「高砂」で始まり、後は賑やかな酒盛りとなった。膳部は、何人もの料理人を美濃佐から呼び、酒は麹屋甚四郎の「若松」と同甚三郎の「老松」とを出している。八文字屋も銀座の後藤も、都に名高い富商なだけに、金に糸目をつけぬ豪勢な酒宴である。

二刻ばかりにもわたった宴が終わりかけた頃、市之丞は酔い醒ましに裏手の庭へと出た。既に夕暮れとなり、冷たい風が火照《ほて》った顔に当たって、気持ち良い。市之丞は庭の隅に井戸を見つけ、釣瓶で水を汲んで飲んだ。

その時である。後ろに人の気配を感じて市之丞が振り返ると、濡れ縁の角にさよが立っていた。

さよは手に持った小さな手拭いを市之丞に差し出して言った。

「市ちゃん、大丈夫。これで口を拭いたら」

差し出すさよの手の白さが、市之丞の眼に痛かった。市之丞はその小巾で口を拭いて言った。

「おおきに。源坊嬉しそうやな、ほんまに良かった。おめでとうさん」

さよはニッコリと頷いて礼を述べた。

市之丞が、

「わし、源坊に先越されてしもた」

とつぶやくと、さよがしみじみとした口調で言う。

「市ちゃん、急ぐことなんかあらへん。ほんまにこの人やと思うええ女《ひと》を見つけることが先や。それでのうて一緒になったかて、お互いに不幸せになるだけやさかい」

「そやなあ、お父ちゃんは早よええ女《ひと》見つけなあかんていわはるんやけど、わし、仲々見つからんのや」

と市之丞は答えつつも、いまだにさよを思い続けている自分を感じた。宗謙からは、さよが進藤様の許《もと》に通っていることを知らされていたが、だからといってさよのことを思い切ることは出来なかった。

そんな思いを抱きながら、市之丞が思い切って、

「さよ姉ちゃんはどないなん、ええ男《ひと》おるん」

と訊くと、さよはきっぱりと否定した。

「うちは出戻りやさかい、そんなんおらへん」

「でもまだ若いんやから、これからやないか」

と市之丞が重ねて訊くと、さよは悲しそうな眼を開いて答えた。

「ううん、うちもうあきらめてるんや」

市之丞は、さよを慰めることの出来ない自分が苛立たしかった。

多代女聞書

八文字屋の源丞様が、銀座の後藤様のお嬢様を娶《めと》られたということは、八文字屋が京の根生えの富商達の仲間入りをするということでもございました。特に金座の後藤庄三郎様、御呉服所の後藤縫殿助様ともども、お上とも深いつながりを持った御家でしたから、その後この両家が源丞様の大きな後ろだてになっていったのでございます。

貞享元年九月十日

多代が市之丞への思いに気づく

見事に晴れ渡った秋の空が、抜けるように青い一日だった。*1申の刻には、まだしばらくかかる頃のことである。

西陣の外れにある染屋吉田の店内では、主の八兵衛が男衆に命じて釜の火を落とし、一日の仕事を終えようとしていた。

店の奥で染め上がった絹糸の束をタコ糸で結わえていた多代は、雁金屋から帰ってきた末妹の嘉代に気がついて言った。

「嘉代ちゃん、帰ってきとったん。どないしたん、えらい嬉しそうな顔して」

嘉代が恥じらうような素振りを見せているので、多代は畳みかけるように、

「何かあったんやろ、何があったん」

と言った。

嘉代は、多代の結わえた絹糸の束をいじくり回しながら答えた。

「お姉ちゃん、今日な。お店で市様にほめられたんよ、ええべべ着とるなっていわれたん。今日お店に小堀（正憲）様の奥方様がお見えになることになっ

光琳年譜

天和四年／貞享元年（一六八四）

二十七歳

●五月、父から以下のような遺言状を受ける。「山里町屋敷、西京屋敷、能道具一式、諸道具及び反物、大名貸し証文の半分を遺産として与え、弟乾山と相談のうえ身上相続すべし」。

●六月、西鶴、住吉神社で大矢数一昼夜独吟二万三千五百句奉納。

とったやろ、それでこないだお父ちゃんが作ってくれた友禅着て、お茶をお出ししたんや」

「菊文様の」

「そうや、今の季節にぴったりや思うて。そしたら、奥方様お帰りの後、市様から、『今日は嘉代ちゃん綺麗やった。べべもとっても趣味のええもんや。お父ちゃんに作ってもろたんか』って言われるもんやさかい、『おおきに』いうて帰って来たんや」

嘉代は屈託のない笑顔で説明した。

多代は、

「それはよかったな。あの友禅、嘉代ちゃんに似合うてたさかい」

と言った後、少し間を置いて続けた。

「嘉代ちゃん、でも市様には気いつけなあかんえ。あんた、市様の話を知っとるやろ。例の小紅屋の娘に、ちょっかい出してるていう噂や。火のない所に煙は立たん言うやないか。近頃は遊所通いを止めて、素人娘を追い回してるんや。あんたかて、そんな気持ちで声を掛けられたんかもしれへんのやで」

多代がそう注意すると、嘉代は怒った顔をして言った。

「多代姉ちゃん、その場に居いひんで何でそんなことがいえるん。うちかて、市様のこと、知らんでもない。でも、市様はそんな浮いた気持ちでいわれたんやない。市様の描かれた雛形《ひいながた》、お姉ちゃんかて、見たことあるやろ。

あれは誰もが描けるもんやあらへん。市様には美しいものを見る眼と、美しいものを作り出す力があるんや。うちはそう思てる」

「それは嘉代ちゃんのいう通りや。ただな、そのことと、市様に気つけなあかんということとは別のことや。お姉ちゃんはな、あんたにも美代のようにええひと見つけてほしいと思てるからいうてるんや。市様のようなひとと一緒になるんは、難儀なことやから」

多代は努めて冷静に答えた。というのも、嘉代の言葉を聞きながら、多代は自分の中にも市之丞に対して嘉代と同じような気持ちがあることを感じていたからである。

嘉代は少しむくれながらも、頷きながら言った。

「うちかてわかってる。もう子どもやないさかい」

多代は結い終えた絹糸の束を幾束か数えながら、市之丞のことを考えている自分に驚いた。

そして、そういえば「松風[*2]」にこんなくだりがあったなと思った。

〽恋草の　露も思ひも乱れつつ
露も思ひも乱れつつ
心狂気に馴れ衣

多代女聞書

　この年の五月、泉涌寺《せんにゅうじ》で東福門院様の七回忌の法要が行われましたが、その折に夫光琳が小堀様に声を掛けられたのが御縁となって、その後しばしば小堀様、またその奥方様が雁金屋にお出で下さるようになったのでございます。

　小堀正憲様は、茶人や作事奉行として名高い小堀遠州公の甥に当たられる方で、この頃京都代官をお勤めでございました。また、その奥方様には遠州公の末の娘を娶られたと承知しております。

＊1 申の時
午後四時頃。

＊2 能『松風』
昔、行平の中納言が須磨に流されていた時に、その愛を受けた松風・村雨姉妹の霊が、今も慕るその思いを旅僧に語る。

貞享三年五月十三日

小紅屋の娘がややを身ごもる

烏丸通《からすまどおり》中立売下ル驢庵《ろあん》町に店を構える小紅《こべに》屋の奥座敷では、主の八右衛門がイライラしながら妻と娘の帰宅を待っていた。さきほどから五月雨が降り始め、蹲《つくばい》の水に跳ねる音がする。

予定していた時間よりも一刻ほど遅れて妻と娘が帰ってきたのは、未《ひつじ》[*1]の刻も大分過ぎた頃だった。

座敷に入ってきた二人は、顔色は青ざめ、生気も失せたようである。

八右衛門はその様子で事情を察したが、何時ものように穏やかな声で訊いた。

「雨の中大変やったな。(奥溪《おくたに》)中庵先生本人に診《み》てもろたんか」

「はい」

妻の絹江が消え入りそうな声で答える。

「ほんで、どないいわれたんや」

「もうややは六ヶ月くらいやから、生むほかないとのことどした」

八右衛門は腕組みをしたまま言った。

「さよか、しゃあないな。出来てしまったもんはしゃあない。それで、佐江、相手は雁金屋の市之丞なんやな」

八右衛門が娘に向かって尋ねると、佐江は無言で頷いた。

「それで、市之丞はどないいうてるんや。自分のややということを認めてるんかと訊いてるんや」

佐江が黙ったままでいるので、絹江が代わって答えた。

「この娘《こ》のいうには、市之丞様は自分のややと認めはったものの、この娘と一緒になる気はないと、はっきりいわはったそうどす」

八右衛門は、怒りがふつふつと湧き上がってくるのを禁じえなかった。

「ひどい奴ちゃな。人の娘《むすめ》をオモチャにしよって」

「あんた、これからどないしたらええやろ」

絹江が縋りつくような声で八右衛門に訊いた。そこには、かつて石川六兵衛の妻と伊達競をした頃の、取り澄ましたような美しい面影は消え失せ、娘の行く末を案じてただオロオロするばかりの母親の姿があった。

八右衛門が言う。

「相手が御得意先の雁金屋の若やさかい、事を荒立てるわけにはいかんやろ。そないなことしたら、この小紅屋かて笑いものになるだけや。

そやな、ひとつはなかったことにするんや」

「あんた、何いうてるん。もうこの娘《こ》は生まなあかんのえ」

光琳年譜

貞享三年（一六八六）
二十九歳
◉三井高利、京都に両替店を開く。
◉近松門左衛門『出世景清』初演。

絹江が金切り声を上げると、八右衛門が続ける。

「わしがいうたのはな、生まれる児には可哀そうやけど、佐江が生んだんでないことにするということや。佐江にはこれから病と称して西山の家で療治することにするんや、婆《ばば》のとしを付けてな。

あとは生まれた子どもは、どこぞに貰うてもらうんや。もちろん雁金屋からは、ぎょうさん養育料を付けてもろて。それしかないやろ。佐江、それでええな」

八右衛門は、有無を言わせぬ強い口調で佐江に糺《ただ》した。

頷く佐江の眼からは、大粒の涙が頬を伝っていた。

多代女聞書

奥溪《おくたに》中庵先生は、東福門院様の侍医を勤められ、後に法印となられた京でも名高いお医者様でございました。

この時佐江が生んだ児は、次郎三郎と名付けられましたが、翌貞享四年の九月に松屋勘左衛門様に養子として貰われることとなったのでございます。松屋様は小紅屋の妻の実家筋に連なる家で、実子がなかったため、紙師の丸屋常玄様の斡旋でこの縁組がまとまったと聞いております。

＊1 未の刻
午後四時頃。

貞享四年五月八日

宗謙の遺言

「お父ちゃん、具合はどないやの」

手代の谷太郎《やたろう》から、旦那様がお呼びですといわれて宗謙の寝所に入った市之丞は、珍しく蒲団の上に起き上がっている宗謙にこう訊いた。

「今日は向井（元端）先生来てくれてな、お薬もちゃんと飲んどるから心配せんでええ」

と答える宗謙の声は少し掠《かす》れて、弱々しかった。顔は黒ずみ、寝巻の袖からのぞいている腕も、すっかり細くなっている。

宗謙がポツリと言う。

「今、夢見とったんや」

「どんな夢やったん」

市之丞がやさしく訊く。

「皆で舞《も》うてる夢やった。わしは実盛《さねもり》を舞うてるんや。

〽極楽世界に行きぬれば

長く苦海《くかい》を越え過ぎて
輪廻《りんね》の古里隔たりぬ
歓喜の心いくばくぞ

というところや。わしももう直きお迎えがくるやろ」

「何いうてるんや、お父ちゃん。もっとしっかりせなあかんやないか」

市之丞がそう励ますと、宗謙は市之丞の眼を見つめて言った。

「市、おまえと敦盛や経政《つねまさ》を舞うたな。あの頃は何とも懐かしい。お母ちゃんも元気やったし、とよ、藤、なみ、徳、皆可愛いさかりやった」

市之丞もまた、父宗謙や兄藤三郎とともに、晴れやかに敦盛などを舞った日々のことを、ありありと思い出した。

あの頃は、雁金屋の商いも盛んであったし、尾形の家も賑やかだった。母が死に、女院様が亡うなられた頃から、雁金屋も次第に傾きかけてきたように思う。それはちょうど、敦盛や経政など、あらかじめ定められていたかのように、運命に翻弄され、なすすべもなく没落していく、平家の公達《きんだち》たちの姿に似ていた。

「市」

宗謙があらたまった声で言う。

「おまえに来てもろたんはな、多代のことや。

光琳年譜

貞享四年（一六八七）
三十歳

◉一月、生類憐みの令発布。
◉三月、東山天皇即位。
◉六月、父・宗謙没（六十七）。
◉九月、妾腹の子・次郎三郎を松屋勘左衛門の養子にする。
◉父、再び遺言状を認め、「諸道具及び反物、大名貸し証文の半分」は弟・乾山に与えるよう確認する。
◉山本素軒、法橋となる。

多代はええ娘《こ》や。おまえのようなしょうもない男には、あんな娘《こ》がええんと違うやろか。あの娘《こ》やったら、おまえが活きてくるんやないかと思うんや。多代には、このわしかてほんまによようしてもろた。実の娘かて、多代のようにはしてくれんやったやろ。その多代に報いたいという気持ちもあるんや。でもな、市。わしがおまえに向いとるからっちゅうのはな、あの娘《こ》のような広い心を持ったをなごでのうたら、おまえが縮んでしまうような気がするからなんや」

市之丞は、宗謙に思いもよらぬことをいわれて、何と答えたものかわからなかった。

市之丞が黙っていると、宗謙は続けた。

「わしはもう長ごない。残念やが雁金屋はわしで仕舞いや。雁金屋は藤三郎には荷が重いやろ。かといって、おまえや権平が背負《しょ》えるもんでもあらへん。市、おまえがこれからどうやって生きていくんか、お父ちゃんにはわからん。しかし、おまえが多代と一緒になれば、おまえが持っているものを、あの娘《こ》は十分引き出してくれるんやないかという気がするんや。悪いことはいわん。これはお父ちゃんの遺言や思うて聞いてほしいんや」

宗謙は絞り出すようにそう言うと、両手を差し出して市之丞の手をしっかりと握りしめた。

遠くで雷鳴が轟いていた。市之丞にはその響きが、雁金屋への弔鐘のように思われた。

多代女聞書

市之丞の父宗謙は、この年の六月二十九日、眠るかのように亡くなりました。六十七歳の生涯でございました。眠るかのようにと申しますのも、宗謙の晩年、私と妹の嘉代がそのお世話をし、亡くなった時も、夫光琳とともにその枕頭に侍していたからでございます。

元禄元年十一月二十五日

弥助に揉め事の仲介を頼む

弥助の新しい店は、室町の通りから四ツ筋ばかり東へ行った東洞院《ひがしのとういん》通りにあった。真新しい暖簾には、丸の中に弥の字が染められている。

市之丞がその暖簾を潜って店内に入ると、ちょうど谷太郎が反物を抱えて店奥から出てきたところだった。

谷太郎はすぐ市之丞に気付いて言った。

「市様、どないしはりましたん。何か御用でも」

「うん、弥助にちょっと相談したいことがあってやってきたんや。今、店におるん」

と市之丞が訊くと、

「旦那様でしたら、今奥に居られます。ちょっと待っておくれやす」

と言って、谷太郎は雁金屋に居た時とは見違えるような軽快な身のこなしで奥に入っていった。

市之丞が框《かまち》に腰を下ろして待つ間にも、次から次へと客が訪れ、店は活気に満ちている。

谷太郎はすぐ戻ってきて、市之丞が案内された客間には弥助が座っていた。今は名も、万屋《よろず》弥右衛門と改めている。

弥助が口を開く。

「市様、お久しぶりでんな。お元気そうでよろしゅう」

「店もうまく行ってるようやないか。やっぱり弥助は商売人やのう」

「貧乏暇なしですわ。藤様の方はどないです」

市之丞は、弥助も底意地の悪い質問をするなと思った。宗謙の死後、雁金屋は兄藤三郎が継いだが、早くもその商いは火が消えかかっていたのである。それを知らない弥助ではなかった。

市之丞はそれには答えずに言った。

「実は今日来たんはな、弥助に折り入って頼みがあるんや」

「何でっしゃろ」

弥助は市之丞を呑んだような、雁金屋にいた時には決して見せなかったぞんざいな態度で言った。

「神明町に伊勢屋という釜風呂があるやろ」

「博徒の溜まり場になってるところでっしゃろ」

「それや。その伊勢屋の遠縁につねというをなごがおるんや。そのをなごがこないだややを産んだんや。わしの子やいうんで、名前も元之助とつけた。でも、ほんまにわしの子かどうかわからんのや」

光琳年譜
貞享五年／元禄元年（一六八八）
三十一歳
◉徳川綱吉の娘・鶴姫の名にちなみ、鶴の字及び鶴の紋付きの使用を禁ず。

弥助は深刻ぶった顔付きで市之丞の話を聞いていたが、早くも市之丞来訪の意を見抜いていた。それが揉めているので、何とかしてほしいというのだ。

「でも市様、そのをなごとの間で何《なん》もなかったわけではないんでっしゃろ」

「それはそうなんやけど、ようわからんのや。その上、つねの弟の七郎兵衛いうもんが家に来よって、百貫目の手切れ金を出せといいよるんや。そして、払わなんだら御奉行様に訴えるというて、脅《おど》しにかかるんや。

なんぼなんでも、そないな金出したら、これから生きていかれへん。

弥助、おまえの顔の広いとこで、何とか穏便に片付けてほしいんや。わしはそんな世界よう知らんさかい」

弥助は市之丞の身勝手な生き様に、内心不快の念を禁じえなかったが、旧主でもあり、ここで恩を売って置くにしくはなしと計算して、この仲介役を引き受けることとした。

「よろしおま、大恩ある雁金屋の市様のことやから、お引き受けしましょう。ただ、神明町の伊勢屋とは筋悪の相手、市様もそれなりの覚悟はしておいておくれやす」

多代女聞書

宗謙の死後、弥助は雁金屋から谷太郎などを引き抜いて新店《しんだな》を開きました。もちろん雁金屋同様呉服を商いましたが、雁金屋風の女物の小袖などを半値に近い値段で売り出し、みるみるうちに売り上げを伸ばしていったのでございます。

そんな頃、夫光琳はかって馴染んだ女から不名誉な訴訟を起こされましたが、結局は家作や金子《きんす》を毟《むし》り取られて和解に至ったのでございます。

元禄二年三月一日

権平、新庵をつくる

御室仁和寺門前から、だらだら坂を少し下ったところに、権平の草庵はあった。西南に双ヶ丘《ならび》のこんもりとした森が横たわり、背後には衣笠山の緑が濃い、朝夕には仁和寺の鐘声が響く地である。

みほは、まだ木の香も新しい濡れ縁を、何度も何度も雑巾がけをしていた。何か鼻歌が出てきそうな心楽しい気分だった。

ひとつは、うららかな春の光が木の間を通って射し込んでいたからであった。みほは、雁金屋に奉公していた頃のことを思い出していた。鷹ヶ峰のばば、山里町の家の中心にいたおかみさん、賑やかだった尾形の家。そして、権平ちゃんは、大きなったけどちっとも変わらへんと思った。その権平の邪気のない笑顔が、自然とみほの心も楽しくしていた。

権平は、沢山の本をどう並べようかと思案の最中であった。途中で読み耽ったりしてしまうので、先ほどから見ていても一向に捗っていない。

みほが権平に訊いた。

「権平ちゃん、次はお嫁さんやな。ええ女《ひと》いやはるん」

権平は開きかけた書物を閉じて答えた。

「わし、ひとりの方がええんや」

「何でやのん」

「気が楽やないか」

「でも、をなごがいやはらんかったら、不便やない」

みほが権平の眼を覗きこむようにして言った。

「そやろか。わし、土こねたりしてた方が楽しいんや。他に人がいてたら気つかわなあかんし」

権平は淡々とした口調で答える。

「ええ女《ひと》やったら、楽しいんと違う」

みほは、なおもたたみかけるように訊く。

「それに、権平ちゃん、子ども好きやろ。をなごと一緒にならなんだら、子ども生まれへんのやし」

権平は、黙って俯向《うつむ》いてしまって、返事がない。

みほは、こんなところも昔とちっとも変わらへんと思いながら、話題を変えて言った。

「市様、もうここへ来はりましたん」

「お兄ちゃんか、まだ来とらん。この場所に決める時は来てもろて、ええ場所やないか、権平、お前のような本の虫にはこういう静かな所がええと、い

◇光琳年譜
元禄二年（一六八九）
三十二歳
◉二月、元之助を生んだ細井つねに訴えられ、家、銀二十枚その他で示談とする。
◉六月、奈良小四郎より銀二十貫を借り、越後村上城主榊原政邦に銀二十六貫を又貸しして蔵元となるが、回収できず。
◉乾山、御室に習静堂を建てる。
◉この年より、二条綱平邸に出入りする。
◉芭蕉、奥の細道の旅をする。

うてくれたんやけど、草庵が出来てからはまだや」

みほは、市之丞が相変わらずぶらぶらと遊び暮らしているという噂は聞いていた。

「権平ちゃん、新しい草庵がこないして出来たんやから、市様にも来て見てもろたらどないやろ。市様きっと喜んでくれはると思うわ。その時は、うち、手によりかけて美味しい御馳走作ったげる。うちかて鳴滝山荘で、見よう見真似でお料理作ってるうちに、腕上げたんえ」

と、みほが誇らしげに言うと、

「そやな、市兄ちゃんもそうしてもろたら喜ぶやろな」

「そして、権平ちゃんの焼いたものに、市様に絵つけしてもろたらどないやろ。きっとええもんが出来ると思うんや」

権平もそれは面白いかもしれないなと思った。兄市之丞が何気なく描く一本の線、それが何とも言い難い味わいがあるからである。そんなことを思っていると、みほが続けて言った。

「市様、何でも性悪女に訴えられはって大変やったと聞いたんやけど」

権平は黙って肯いている。

「何かすこしでも、仕事した方がええと思うんや。あないに遊び暮らしとったら、ちっともええことなんかあらへん。仕舞に家屋敷も皆取られてしまいはるのと違うやろか」

みほは真底、市之丞のことを心配していた。

この時、枝折戸《しおりど》が開いて僧形の客が這入ってきた。権平の参禅の師、月潭道澄である。手には酒どっくりをぶらさげている。

多代女聞書

権平が作った御室の草庵は習静堂と名付けられ、後に泉谷に窯を開くきっかけともなりました。

この頃みほは、三井六右衛門（秋風）様の手代の後妻に望まれ、御室からも遠からぬ船岡山の小家に世帯を持っておりました。その小家から鳴滝山荘への往還の道に習静堂はあったのでございます。

元禄二年四月二日

大名貸に手を染める

日もとっぷりと暮れ、辺りは漆黒の闇が覆っていた。昼間あれほど騒がしく鳴いていた鳥たちも塒《ねぐら》へ帰ったのか、今は時折吹く風が竹林を揺らす音しかしない。

嵯峨野の奥にある向井平次郎（去来）の別墅《べっしょ》には、五人の男たちが円座になっていた。座敷の隅に置かれた蝋燭の炎が、酒気を帯びて赤くなった男たちの顔を照らしている。

今宵、去来を亭主とする夜咄の会に招かれた客は四人である。

床を背にして、頭を丸め墨染の衣を着ているのは北向雲竹《きたむきうんちく》、京に名高い書家である。

その右隣、髪を撫でつけにし、値の張った黒羽二重の羽織を長めに、いかにも洒落者の風の三井秋風、鳴滝山荘の主である。

左隣は、北脇市兵衛、大名貸の斡旋でこのところ有卦《うけ》に入っているという噂だ。

下座の方に市之丞、そして去来が座っている。

ひとしきり雲竹の書の話が弾んでいたが、今は秋風と市兵衛が中心になって商いの話になっている。

市兵衛が秋風に向かって言った。

「八郎兵衛はん（三井高利）のとこは、いよいよ江戸の本両替仲間に加わりはったようでんな。仲々のやり手やさかい、どんどん手広げよる。いずれ、お上の御為替御用達も受けるようになるやろ」

秋風が答える。

「八郎兵衛はんは出来物《できぶつ》や。遊び人のわしとは比べもんにならん。でもなんやな、偶《たま》に会うても商いの話ばかりで、ちいとも面白いことあらへん。あれはあれで楽しんどるんやろうけど、わしとは違う世界に住んどるんや。

北脇はん、あんたかてこんな夜咄に来よるんは、商いが目的なんと違うか」

市兵衛は秋風に見透かされて、多少動揺しつつも、虚勢を張るように答えた。

「商いは商い、遊びは遊びや。

ただな、商いの時は真剣勝負や。商いは懐手しとって出来るもんやない。食うか食われるかの戦いなんや。

わしが相手にしとるのは御武家様や。商いのことなどわからんさかい、普段はこっちの言いなりや。しかし、御武家様かて、何時も鷹揚に構えているとは限らへん。御家の大事となったら何でもするんや。いざとなったら牙むきよる。そうならんように、よう見張っとかなあかん」

「そらそや」

秋風が合槌を打つ。

「大事なんは、どんな小さいことでも探っておくことや。それに一番ええのは、お茶屋に招くことや。色と欲、どんなに偉そうにしている御武家様かて、あっこではその本性が出て来よるんや。何が好きなんか、何に弱いんか、よう見ておくことや。そこを握っとったら、どんなことがあっても、対応の仕方がわかるさかいな」

「ほんまやなあ」

今度は去来が、なるほどという顔をして言った。

市之丞も傍で聞いていて、流石やり手で知られる市兵衛だと思った。そう言えば、市兵衛が御武家様を招いてよう遊んでるというのは、祇園では誰知らぬ者のいない話だった。そして、そうやわしも市兵衛のようにうまく遊びながら商いをしたろと思った。

市之丞がそんなことを考えていると、話は変わって去来の熊野詣の話になっていた。

「来月は妹の千代《ちよ》（俳号は千子《ちね》）の一周忌になるんや」

雲竹が肯きながら言った。

「そやったな、早いもんや。あの若さで可哀そうやった」

「それで長崎から叔母御が上京するんや。それがな、墓参りが終わったら熊野に行きたいいうてはるんや。わしもまだいってへんさかい、いい機会やから一緒に行こ思てるんや。しばらく京を離れるさかい、よろしゅう頼むわ」

市之丞は、そういえばお母ちゃんが亡《の》うなった時、元升先生の家で痩せて眼の大きい娘に会うたなと、千代の顔を思い出していた。

多代女聞書

宗謙の死後、夫光琳は遺産を元手に、あるいは他の金主から金を借りて、大名貸に手を染めて参りますが、その多くが後に貸し倒れとなり、みるみるうちにその遺産を食い潰してしまったのでございます。

元禄四年四月十五日

大田の社でさよの幸せを願う

市之丞が上賀茂大田の社《やしろ》に着くと、御祭礼の日のように多くの人が集まっていた。

社の沢の杜若《かきつばた》は今が見頃で、妍《けん》を競うように咲き乱れている。この杜若を前に舞台がしつらえられ、毛氈《もうせん》が敷かれている。そこには衣冠束帯に身を包んだ御公家衆が、雛人形のように座り、背後に家宰や用人が控えている。こちらは麻裃《あさがみしも》の正装だ。

この日、大田の社では御公家衆の歌会が開かれていた。

左大臣近衛基煕《もとひろ》公を中央に、左大将九条輔實《すけざね》公、権大納言二条綱平《つなひら》公、同じく権大納言勧修寺経敬《かじゅうじつねたか》、権中納言花山院持實《かざんいんもちざね》などの御公家衆が、五摂家を筆頭に綺羅星のように並んでいる。

市之丞はしばらく前から、二条綱平公に伺候し御伽衆のように足を運んでいたので、今日の歌の会にもお伴をするように言われていたのである。

亡くなった宗謙は歌が好きで、新古今、拾遺《しゅうい》、後拾遺、玉葉《ぎょくよう》、後撰などの歌集を集めたり、自ら書き写したりしていたのだけれども、市之丞は歌道に

光琳年譜

元禄四年（一六九一）
三十四歳
●この頃、市之丞を浩臨と改める。
●八月、裏屋敷を買う。
●九月、土佐光起没（七十五）。
●十一月、灰屋紹益没（八十二）。

元禄五年（一六九二）
三十五歳
●八月、裏屋敷を買う。
●十二月、京都大火。
●この年以降、光琳の名を用いる。

ついては、あまり関心がなかった。

歌会はゆっくり進行していた。一人が和歌を作り短冊に記し、それを冷泉為綱《れいぜいためつな》に渡す。すると為綱は短冊をおしいただいて脇に侍った家人に渡す。それから徐《おもむろ》に家人が朗々とそれを詠み上げる。これの繰り返しであった。

市之丞が退屈して人だかりを離れ、社殿の方に足を向けると、本殿の前にさよが小さい娘を連れて頭を垂れていた。その少しふっくらとした後ろ姿に、市之丞は母の落ち着きのようなものを感じた。小さい娘も母を真似て、同じ姿勢で額ずいている。

礼拝を終え、さよが向き直ると、市之丞と眼と眼が合った。さよの微笑に、市之丞はさよの幸せを思った。

市之丞が訊く。

「何祈ってはったん」

「この娘が元気で大きなるようにてなあ」

さよは娘の髪を撫でながら、ゆっくりと答えた。

「さよ姉ちゃんも、すっかりお母ちゃんやな」

そう言いながら、市之丞は相変わらず身も堅めずに遊び歩いている自分を顧みた。さよは娘の着物の衿を直してやっている。

「歌会の方はもうええのん」

と市之丞は訊いた。さきほど舞台の後ろに、近衛公に近侍している進藤

（長富）様を見かけたからである。

「この娘がぐずるさかい、境内をひとまわりしとったんや」

「こんなええ天気やし、沢の杜若かて満開や。あんな人ごみに子ども連れていかん方がええし」

市之丞とさよが話しているので、娘は傍にしゃがみこんで、熱心に蟻の行列に見入っている。

市之丞が訊いた。

「源坊のとこの男の子も、日に日に大きなってる。子の育つのは早いな。源坊には時々会うたりするん」

さよは頭を振って、

「うちはもう八文字屋は出てしもたさかい、あまり会うこともないんや。お母ちゃんも昨年亡うなったし、うちの帰るとこもあらへん。うちが訪ねてったら、お嫁さんかてええ顔せえへんやろ」

「そやな、でもそれもさみしいな」

市之丞はそう合槌を打ちながら、この大田の社から遠からぬ深泥ヶ池によう三人で遊びに来たなと思った。もう二十年以上前のことだった。源坊もさよも、それぞれの道を歩み、さよはようやく小さな幸せを手にしていた。

多代女聞書

八文字屋の源丞様が銀座年寄後藤家の娘と婚儀を挙げた年、さよは進藤様の泉谷の別宅に囲われる身となったのでございます。親子ほど年が離れておりましたが、仲睦まじく、翌年には、確かなみと申したでしょうか、一人娘を授《さず》かったのでございます。

夫光琳は、大田の沢で杜若の群青の花が咲く度に、さよのことを思い出すんやと、よく申しておりました。

元禄四年十二月十八日

さよの死後、雲竹に慰められる

昼過ぎから降り出した雪が、夕暮れには一尺にも達するほど降り積もっていた。

間《あい》の町夷川《えびす》上ルの北向雲竹《きたむきうんちく》の家は、下京の職人町の中にある小さな町屋だった。書家らしいものといえば、座敷の床に墨痕鮮やかな字で、

長安一片月
萬戸擣衣聲

と書かれた軸物が掛けられているのみで、それが主《あるじ》の飾らない人柄を表していた。

この夜、市之丞は雲竹に夕餉に招かれていた。雪の激しくなった申《さる》*1の刻に態々《わざわざ》雲竹の使いがやってきて、大雪だがお差し支えなければ雪見の夕べも一興との主の言づてがあったので、市之丞も行かざるを得なかった。

しかし田舎家風に切られた囲炉裏の前で、市之丞は自らの傷ついた心が今

は癒えていくかのように感じていた。

北向雲竹、禿頭巨軀。それでいて顔だけは童児の面影の残っている不思議な人物である。

「わしかて、今でこそ世捨人のような顔しとるけど、若い頃には人並みに恋に身を焦がしたこともあったんや。

その相手がな、こともあろうに朱宮様《あけのみや》やったんや。何ぼ何でも身分違いやろ」

と言って、雲竹は苦笑いしながら続けた。

「わしは当時、逢春門院様に書の御稽古に行っとったんや。月に二度ほどな。そこで逢うたんが朱宮様や。一目見て恋い焦がれてしもた。それ以来逢春門院様に教えるんも上の空や。何時朱宮様がお見えになるかならんか、そんなことばっかり考えとったんや。幸い逢春門院様には気づかれはせえへんかったが」

雲竹は子どもが悪戯《いたずら》をした時に見せるような、おどけた仕草で口を閉じた。

市之丞が言う。

「朱宮様やったら、昔は雁金屋の御得意様で、うちもようお邸に伺って御注文をいただいたお方や。臙脂《えんじ》の色がお好みで、必ずどこぞに使われるんや。抜けるように色の白いお方やったから、そういう色をお召しになると、眼をみはるように華やかになられるんや」

かつて逢春門院のお邸に出入りしていた頃のことが、ありありと市之丞の眼に浮かんだ。

「綺麗な女《ひと》やったやろ」

と同意を求める雲竹も、脳裏に朱宮様の姿を思い浮かべているかのようであった。

「でもな、人のことを好きになってしもたら、身分も何も関係あらへん。仕方のないことなんや。

そして、遠くからじっとその女《ひと》を見てるだけで、何かえもいわれん幸せな気持ちになってくるんや。市之丞はんもそうやったやろ。

口に出してはいわれへんけど、何とかして自分の気持ちをわかってほしいと、それだけを考えとるんや。そしてわかってくれとるんやろかどうか気になってどうしようもない。それが恋というもんや」

雲竹は志野の茶碗に注がれた酒をぐっと飲み干して続けた。

「をなごは、自分を好いとうをとこのことは、よう知っとるんや。さよかて市之丞はんの心はよう知っとったに違いない。さよの心の中には何時も市之丞はんがおって、さよは市之丞はんに感謝してたに違わへん。

をとことをなごの間は、いろいろな心のつながりがあるんや。それで十分やないか」

市之丞は倖せ薄かったさよの一生を思った。そして、さよの心の中に自分がいつもいたことを確信した。
外は相変わらずしんしんと雪が降っている。

多代女聞書

朱宮様は、後水尾上皇と逢春門院様の間にお生まれになった内親王様でいらっしゃいました。寛永九年のお生まれですから、北向様とは二つ歳の差がございました。父帝《みかど》様御崩御により髪を下され、修学院離宮の傍の御所に入られました。そして、林丘寺を開かれたのでございます。

その修学院の紅葉も散り、冷たい雨が色の落ちた木々の梢を打ちつける頃、さよ様がなくなられました。いえ、なくなられたというのではなく、何者かの手によって殺《あや》められたのでございます。何でもさよ様に横恋慕した者の仕業ではないかといわれましたが、結局下手人は挙《あが》らず仕舞いになってしまいました。残された一人娘のなみは、山科の進藤本家に引き取られたのでございます。

＊1 申の刻
午後四時頃。

元禄六年八月十四日

京の町と金策に走り回る

坪庭では鈴虫の音が響いている。青々とした苔に覆われた蹲《つくばい》の水面《みなも》には、夕暮れの赤い空が映っていた。

宮川町のとあるお茶屋の奥座敷では、北脇市兵衛が弥助あらため万屋《よろず》弥右衛門と酒を汲み交わしていた。

今日は弥右衛門が暑気払いの会に市兵衛を誘《いざな》ったのだった。

市兵衛が口を開く。

「今年の夏は暑おしたな」

「もうそろそろお彼岸になるっちゅうのにな。お米はようとれるやろが、こう暑うては商いの方はさっぱりやった。まあ暑さ寒さも彼岸までいうさかい、あと少しの辛棒や」

弥右衛門が如才なく受け答える。

市兵衛が少し声を低めて言った。

「それにしても、変な世の中になってしもたな」

「なにがやのん」

と弥右衛門が訊く。

「生類憐れみの令や。こたびは魚釣りまで御法度や。あほらしうて話にならん。お上《かみ》は一体何を考えとるんやろ」

「誰ぞお上のお側《そば》におるんが、御追従《ついしょう》しよるんやろ。それでこそ御慈悲溢るる名君でござりまするとか言うてな」

弥右衛門は武家言葉のところだけ口を尖《とが》らせて言った。

「そやな、大方《おおかた》(柳沢)出羽守様あたりやろ」

「何でも出羽守様のお邸にお成りになって、『大学』の講書やお能を楽しまれるという話や。『大学』なんぞ、何を説教されるんやろ」

弥右衛門は皮肉っぽく言った。

市兵衛が猪口《ちょこ》を空けると、弥右衛門は手をたたいて仲居を呼んだ。市兵衛は話題を転じて、

「万弥《まんや》はん、世の中の変化をよう見通すことや。わしはもう、いずれの殿様もじきにっちもさっちもいかんようになると見ているんや。太平の世の御武家様はすることがあらへん。せやから今日はお能、明日は歌会と、遊んでばかりいるんや。

あんな生活が長ご続くわけない。入るものより出るもんの方が二倍も三倍も多いんや。大名貸はいずれ貸倒れになるやろ。払えるわけないんやから。そやさかい、わしは自分の商いを少しずつ減らしてるとこや」

◇光琳年譜

元禄六年(一六九三)

三十六歳

●八月、井原西鶴没(五十二)。

●大名貸しの回収が不能となり、乾山に借金をする。

弥右衛門は黙って肯いている。

「そやけど、あの雁金屋のぼんはあほやな。そういう変化がわからんのやさかい」

弥右衛門も、このところ光琳が大名貸が焦げ付いて、あちこち金策に走り回っているという噂は耳にしていた。

市兵衛が続ける。

「欲ばって大きく儲けよ思うから、かえって失敗するんや。まず分けなあかん。ひとつひとつの利幅は少のうなっても、あちこちから入ってきよるんやったら、それで回っていくんや。

それから担保をきちんと取ることや。御武家様の口約束ほどあてにならんもんはない。そやさかい名物什器、それも相手が人手に渡したくないと思てるもんを質物に取らなあかんのや。何を持っとるかを探るんが、わしらの腕の見せ所なんや」

弥右衛門はいちいちもっともだと思った。

「雁金屋のぼんのように見境ないやり方しとったら、もうじきどないもこないもならんようになるやろ。最近名前を光琳と変えたようやが、ゲンを担いでどうなるもんでもない。商いのイロハも知らんと欲ぼけしとるからや。ほんまにあほな奴ちゃ」

市兵衛は駄目を押すように呟いた。

弥右衛門は市兵衛の話を聞きながら、光琳が金策に血走った眼で京の町を走り回っている姿を想像して、愉快なような気の毒なような、複雑な気持ちを禁じ得なかった。

多代女聞書

夫光琳には、およそ商いの才というものがございませんでした。この頃、儲かると思って人からも金を募って始めた大名貸のいくつかが貸倒れとなり、逆にあちこちに借金を頼み歩くような泥沼に嵌《はま》り込んでおりました。

それもせっぱつまって、遂には弟の権平からまでも借金をするようになり、その返済も滞って、さすがの権平も腹に据えかね、一時兄弟仲までおかしくなっていたのでございます。

元禄七年九月二十五日

多代を娶ることになる

爽やかな秋天が何日も続いている。恒例の呉服所紅葉狩の会が、今年は東福寺通天橋の下で開かれていた。

この日は後藤、茶屋、三島、亀屋それに八文字屋などの主だった呉服所が、緋毛氈《もうせん》を敷いた桟敷を作り、客に酒肴の接待をする習わしとなっていた。

好天に恵まれて大勢の人出である。多代は父八兵衛とともに通天橋から小川に沿って歩いていた。

呉服所の会だけあって、道行く人々はそれぞれに華やかに着飾っている。いずれ富商の妻娘が多いようだが、中には御武家様の御内室様らしい女たちもちらほら見える。染屋や糸屋など日頃見知った顔も来ている。といっても染屋や糸屋の娘たちは地味な出立ちで、目立たないようにしている。今日の主役は、呉服所の御得意様方だからである。

昼時になって、男たちが庭の四阿《あずまや》の別席で食事を始めた時である。多代が八文字屋の桟敷で酒器の後片付けを手伝っていると、後ろから、

「多代はん」

と呼ぶ声がする。

振り返ると、八文字屋の源丞である。

「多代はん、手伝うてくれてはんのか、おおきに」

と源丞が如才なく礼を言う。

「源丞様、おひるは」

と多代が訊くと、源丞は真顔になって答えた。

「実はな、ちょっと多代はんに話したいことがあって抜け出て来たんや」

と源丞は多代の眼を真正面に見据えて続ける。

「多代はん、あんた市之丞はんのこと、どない思てるんや」

多代の思いも寄らぬ質問だった。

「どおって、市之丞様、あちこちに借金を作らはってえらいことやと……」

多代の言葉を遮って源丞が言う。

「そうや、市之丞はん、あないな生活しとったら、何もかもなくしてしまうような気がするんや。わしが言うてるのは、金や家屋敷のことだけやない。市之丞はんの才能も潰れてしまうんやないやろかと、それが心配なんや。

そやさかい、あんたが行って助けてやってほしいんや」

「助けるって、うちに一緒になれと言うてはるんどすか」

そう訊き返しながら多代は、市之丞のことなどとおの昔に忘れてしまったように思っていたのに、今、源丞からこう言われると、自分の心の中に、市

◇光琳年譜

元禄七年（一六九四）
三十七歳
●八月、乾山、鳴滝泉谷の山屋敷を二条綱平より拝領する。
●十月、綱平のお供で西本願寺の能会に行く。松尾芭蕉没（五十一）。
●この年の暮れ、吉田八兵衛の娘・多代（三十歳）と結婚する。

之丞の顔と声とが、そしてその描く絵が、波を打つようにひたひたと押し寄せてくるように感じたのだった。

「そうや」

源丞ははっきりと答えた。

「そないなこと急に言わはっても」

「でも、市之丞はんのこと嫌いやないんやろ」

多代は自分の気持ちを抑えて口ごもった。

「でも」

「わかっとる。女癖のことやろ。あれは病気なんや。病気やさかい、誰ぞが行って治してやらなあかんのや。そして、わしの見るところ、治せるんは多代はんしかおらんのや」

「うちはお医者様やおへん。何でそんなことうちがせないかんの」

多代は、口を尖らせて拒んだ。

さよ様が亡くなられた後、市之丞の女遊びはますますあけっぴろげになって、最近では山里町の家に夜鷹まがいの女を引っぱり込んでいるという噂を、多代は耳にしていた。そして、なんでそんな男と一緒にならなあかんのという気持ちと、源丞様の言うようにあれはうちにしか治せへんという気持ちに、多代は引き裂かれていた。

多代が黙っていると、源丞は多代の心の中を覗き込むようにして、

「今すぐいう話やないんやけど、考えといてほしいんや」
と言って、四阿の方へ帰って行った。

多代女聞書

私がこの歳になるまで嫁がずに家に居りましたのは、父が跡継ぎにと期待していた兄が出家をしてしまったことが、大きな理由でございました。染屋の吉田は私が婿を迎えて続けるしかなく、その何人かのお話もあったのですが、結局まとまりませんでした。御縁がなかったのかもしれませんし、また私の心の中に、何処か夫光琳を忘れかねていた部分もあったのかもしれませぬ。

この年の暮れ、夫光琳との婚儀が、源丞様の媒《なかだち》によってささやかにとり行われ、夫との新しい生活が始まったのでございます。

元禄八年二月六日

綱平公の前で業平と舞う

禁裏の北、今出川通りに面した右大将二条綱平公の宏壮な屋敷では、さきほどから謡の声が響いていた。絹糸のような春雨がしとしとと降って、庭の心字池に吸い込まれている。

伊勢物語のいくつかの場面が描かれた屏風の前では、光琳が「小塩《おしお》」*1を舞っている。「小塩」のために今夜はこの屏風が、蔵から出され立てられていた。

地謡が、

〽それ春宵一刻値千金、花に清香月に影、惜しまるべきは唯此時《ただこのとき》なり

と謡うと、後ジテの在原業平《ありわらのなりひら》の霊を演ずる光琳が、綱平公の座する正面に向き直って、舞い謡う。

〽思ふ事言《い》はでただにや止みぬべき、我に等しき人しなければ、とは思へども人知れぬ、心の色はおのずから、思ひ内より言の葉の、露しなじなに洩

れけるぞや

今宵の御伽衆は、立入河内守《たちいりかわちのかみ》、河内守の息左京進《さきょうのしん》及び数馬《かずま》、瀬尾宗覚《せおそうかく》、同全庵《ぜんあん》、二人は兄弟である、それに座頭の民市《たみいち》及び小夜市《さよいち》が連なっている。

一同しわぶきひとつなく見入り聞き入っている。光琳がやがて舞いおさめ、地謡が、

〽春の夜の月、曙の花にや、残るらむ

としめくくると、一段と大きい拍手が起こった。

綱平公が言う。

「見事じゃ、光琳。よう舞うた。何時もながらの出来栄えじゃ。これ」

と綱平が促すと、数馬がにじり出て手に持った正絹の反物を光琳に手渡した。光琳は手にこれを持ったまま、綱平の前に平伏した。

綱平が続ける。

「光琳、麿《まろ》の頼みを聞いてくれるか。実はの、女院様にこのほどお目出度があっての、御祝いに扇子を贈りたいんや。掛物に使えるような扇子を、五本ほど描いてくれんか。絵柄はそちに任す。女院様がお喜びになるようなものを頼んだぞ。何でもそちが絵を描いた小袖は、えらい評判になっとるそうや

◇光琳年譜

元禄八年（一六九五）
三十八歳

●二月、綱平、光琳の絵扇子五本を女院に献上する。

●八月、勘定吟味役・荻原重秀の献策で金銀貨が改鋳される。

●十二月、脇差しを質物に銀四百匁を借りる。

●妾腹に娘そねが生まれる。

ないか。をなごどもがぎょうさん頼みに来よると。さりながら、女院様にそこまでするわけには参らぬ。そやさかい、今、京中で評判の光琳とは、こんな絵を描きよる男やと、行って話の種にしよ思てるのや。麿の願い、頼んだぞ、光琳」

光琳は再び深々と平伏して、御前を退出した。その後、御伽衆だけの酒宴となった。酒宴となれば、座頭のかけ合いが主役となる。

民市。

「今業平いうたら、誰のことでっしゃろ」

すかさず小夜市が答える。

「決まってるやないか、うちのお殿様のこっちゃ」

「では、二条の后は」

「そら決まってるやないか、女院様のこっちゃ」

「そら大変なことやな。わしらこんなことしてられへん」

小夜市が訊く。

「何でや」

「汐汲みに行かなあかんやないか。あれはしんどい仕事やで」

民市が肩に天秤棒を担ぐ真似をしてそう言ったので、皆がどっと笑った。

今度は小夜市が光琳に訊いた。

「光琳はんも、昔は今業平と言われてたんやろ」

「まあぼちぼちや」

と光琳が曖昧な返事をしていると、小夜市はさらに畳み込むように、

「二条の后は誰やったん」

と訊いてくる。

光琳は謎をかけるように答えた。

「とりという名のつく人や」

「それじゃわからん、誰のことや」

「借金取りのことやないか。毎日責められとるんやから、この辺で堪忍や」

ここで脇にいた民市はじめ一同吹き出した。

＊1 能『小塩』
大原野小塩の里に住む在原業平は、かつて深い仲となった二条の后への今も変わらぬ思いを、塩を焼く煙が二人の愛のしるしであったこととともに思い出す。

多代女聞書

二条綱平公は、左大臣九条兼晴《くじょうかねはる》公の次子で、二条家に入り、後に関白氏長者《うじのちょうじゃ》にまでなられた方でございます。お能がお好きであったこともございましょう。夫光琳はその御伽衆として、よく二条家に出入をしておりました。

元禄九年四月二十日

銀座役人、金銀吹き替えに潤う

久しぶりに光琳は源丞と並んで歩いていた。四条の橋を越え、縄手通りから白川を横切る辺りである。川岸の柳が青々とした葉を、心地よげに揺らせている。

今宵は、銀座の中村九郎右衛門（内蔵助）に一席呼ばれてるんやけど付き合《お》うてくれへんかと、源丞に誘われていたのである。

歩きながら光琳はふと、以前勘当の身をかこっていた兄藤三郎がこの辺りに住んでいたことを思い出した。その藤三郎もしばらく前に雁金屋の店をたたみ、中立売小川の屋敷も売り払って、逃げるように東下したまま、行方知らずになっている。

白川に沿った仕舞屋《しもたや》風のお茶屋には、九郎右衛門が一人下役を伴って待っていた。九郎右衛門が何時もながらに、洒脱で洗い抜かれたような着こなしをしているのに対して、その男は全く身なりも構わぬ質《たち》なのか、羽織の袖なども擦り切れていた。

男は中根条右衛門（元圭《げんけい》）といった。九郎右衛門が紹介する。

光琳年譜

元禄九年（一六九六）
三十九歳

●三月、乾山から借金の催促と財産整理の勧告を受ける。
●四月、荻原重秀、勘定奉行に昇進する。
●九月、さんを雇い入れる。

「中根はんはえらい勉強家で、天文暦算の本もようけ書いてはりまんのや。八文字屋はんも知っとおっしゃろ」

高いよく通る声である。

「中根はんの『天文図解発揮』は、こないだ読んだとこや。面白《おもろ》い研究をしてはるんやな」

と源丞が答えて、しばし中根の著作に話が弾んだが、光琳は一冊も中根の本を読んでなかったので、黙って聞く側に回っていた。

本の話題の締めくくりは、荻生《おぎゅう》徂徠《そらい》の話となった。

源丞が言う。

「中村はん、『筌蹄《せんてい》集』読みはった。あれにはびっくりしてもうた。あんなこと考えとる男がいたんやな」

九郎右衛門が、いかにも切れ者を思わせるその秀でた額を、手の平で拭いながら言った。

「荻生惣右衛門やろ。こないだ江戸に下った時に逢うてきたんや。まだ三十そこそこやけど大変な学者や。今にきっと世に出てくる男やろう」

ここで光琳がしびれを切らして九郎右衛門に訊く。

「江戸はどないやった。えらい景気やそうやないか」

「ちょうど行っとった時に、永代橋の渡り初めがあったんや。大変な人出やった。そやな、室町、駿河町、日本橋辺りも見てきたけど、やはり吹き替元禄九年四月二十日「銀座役人、金銀吹き替えに潤う」

中村内蔵助像◆大和文華館蔵・城野誠治撮影

多代女聞書

前の年の秋、金[*1]銀の吹き替えがございました。これは何でも柳沢出羽守（吉保）様の懐刀といわれた荻原近江守（重秀）様の献策によるものであったとされ、近江守様はこの功によって、勘定吟味役から勘定奉行にお取り立てなされたと噂されておりました。

吹き替えはまず銀座の御役人方を潤しましたが、中でも中村九郎右衛門様は、そのお金に糸目をつけぬ様々な散財ぶりで、都でも名高くなった方でございました。夫光琳はこの頃より、この九郎右衛門様と深いかかわりを持つようになって参ります。

＊1 金銀の吹き替え
金銀の品位を下げて量を水増しすること。

元禄十年閏二月二十三日

❖画人として身を立てる

穏やかな春の日である。間近に見える比叡の山も、薄く靄がかかっている。やさしい陽の光が降り注いでいた。光琳はさきほどから、御手洗川《みたらし》の堤に咲く水仙の写生に熱中していた。下鴨の社《やしろ》を包むように広がる礼《ただす》の森から流れ出た清流が、ちょうど高野川に注ぎ込む場所だった。

あそこに一群《ひとむれ》、こちらに一群と、水仙の叢《くさむら》が堤に点在している。真っすぐで長い緑の葉と、少し象牙がかった白い花弁、そしてその真ん中には黄色の副冠が、顔を覗かせている。どの花も、同じようでいて少しずつ違っている。花はさながら人の顔のようやなと思いながら、光琳はそのひとつひとつを写し取っていた。

突然、背中で、「旦那さま」と若い女の声がした。さんの声だった。

光琳が振り返ると、少し上気して頬を赤らめ、息を弾ませているさんが立っていた。

「どないしたんや、さん。ようここが分かったな。何ぞあったんか」

と訊くと、さんはまだ息を弾ませて、

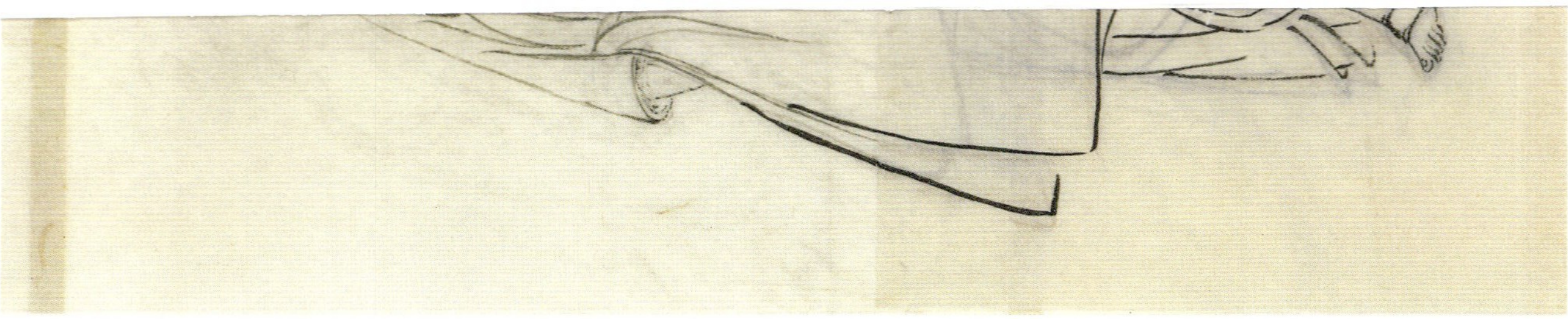

元禄十六年二月三十日「東山衣裳競べ」

画稿美人図◆京都国立博物館蔵

元禄四年十二月十八日「さよの死後、雲竹に慰められる」

布袋図◆畠山記念館蔵

「お客様がお見えどす。旦那さまは多分ここやろから早よ呼んどいてと、お内儀《かみ》さんがいうてはります」

光琳は何か多代の掌《てのひら》の上にいるような気がした。日頃口数の少ない女やけど、わしのことよう見とる。

「それで走って来たんか。御苦労やったな。ほんで、お客様は誰なんや」

「亀甲屋《かめのこ》はんと、もう一人は御武家様どす」

心配そうに答えるさんを、光琳はいじらしく思った。

亀甲屋喜七なら、書画骨董の商いに、このところよく光琳の許にも出入している男だ。いつもは一人で来よるんやけど、御武家様とは誰を連れて来たんやろと、光琳は首を傾《かし》げながら、絵筆を川で洗い、画稿をたたんで懐に入れた。

さんが先に立って、二人は春の匂いにむせかえるような賀茂川の堤に沿って歩き、出雲路橋を折れて上御霊《かみごりょう》の家へ急いだ。さんが光琳の家に来て半年になるが、日いちにちと垢抜けていつしか山家《やまが》の小娘から京の女になりつつあった。光琳は、さんの後ろ姿を嬉しいような恐ろしいような思いで見ていた。

家に帰ると、やはり心配そうな面持ちの多代が、真新しい羽織を用意していた。光琳は、早速それに着換えて、客座敷に向かった。

御武家様の前に一礼し、平伏すると、先方から口を開いた。

◆光琳年譜

元禄十年（一六九七）
四十歳
◉四月、旧金銀貨が新貨幣に交換される。
◉五月、綱平の訪問を受ける。
◉十二月、乾山と妙顕寺より借りた銀二貫の利子を支払う。

元禄十一年（一六九八）
四十一歳
◉二月、綱平邸で絵を描く。
◉十二月、英一蝶、三宅島に流される。

「拙者、酒井雅楽頭《うたのかみ》（忠挙《ただたか》）様家来、本城豊前《ほんじょうぶぜん》と申す。以後お見知りおき願いたい」

名乗りが終わると、亀甲屋喜七が来意を説明した。

「実はな光琳はん、このたび雅楽頭様の姫君の御婚約の儀が整ったんや。お相手は柳沢出羽守（吉保）様の御嫡男吉里様や。御殿様はこたびの御婚約をことの外お喜びで、姫君様には大大名の格式に相応《ふさわ》しい御婚儀の品々を、本城様に京にて誂《あつら》えるようにとの思召《おぼしめ》しがあったそうや。そこで、光琳はんには、蒔絵《まきえ》で手筥《てばこ》を作って欲しいとの御注文なんや」

このところ光琳にはいくつか注文が舞い込むようになっていたが、そのほとんどは京の貴紳や富商からのもので、御武家様からの注文はなかった。それが酒井雅楽頭様といえば、先代が大老を勤められた名門中の名門大名家（上州厩橋《うまやばし》十三万石）だ。ようやくにして光琳の名も、江戸に知られるようになったのかと思って、光琳は少し面映《おもは》ゆいような気持ちがした。

光琳が尋ねた。

「蒔絵は少々時間がかかりますんやけど、何時頃までに仕上げたらよろしおまっしゃろ」

喜七が代わって答える。

「御婚儀はこの秋やそうやから、たんと時間はある。ゆっくり作ってもろたらええんや」

「して絵柄とかは」

と光琳が訊くと、これも喜七が答える。

「何でもええそうや。姫君様の喜ぶようなものをということっちゃ」

最後に本城豊前が、ひとことだけ言った。

「見事なものが出来たら、代はそちの望み次第じゃ。光琳、頼んだぞ」

多代女聞書

さんは、夫光琳が借金の返済を迫られ、住み慣れた山里町の家を手放し、上御霊藪内町の新居に移った時に、尾形の家に奉公に参りました。洛東吉田の農家の娘で、かつて雁金屋に奉公していたみほの遠縁に当たる者でございました。

この頃光琳は、宗謙から譲られた家屋敷も書画骨董の類いもあらかた失い、画人として身を立てていくしかないと、ようやく覚悟を定め始めていたのでございます。

元禄十年十一月二十四日

歌舞伎役者の華に酔う

四条河原万太夫座からほど近い、縄手通りにある料亭千茂登《ちもと》の二階座敷では、四人の女たちが生簀《いけす》料理に舌鼓を打っていた。深江庄左衛門、小南利兵衛、中村九郎右衛門そして野村新兵衛、いずれも銀座役人の妻たちである。

今日は万太夫座で、いま京中で評判の歌舞伎、水木辰之助『江戸土産《みやげ》七化け』を見た帰りに、この店に立ち寄ったのである。

中では一番若い野村新兵衛の妻が、興奮醒めやらぬ面持ちで言った。

「あの禿《かむろ》の所は、あの所作面白おしたな。もう夢中になって我を忘れてしもうたわ。でも何やな、辰之助はん、何であないに体が動きはるんやろ。まるで軽業《かるわざ》師みたいやな」

すると中村九郎右衛門の妻が、話を制するようにして言う。

「あんた、もうちっと辰之助はんの花を見んとあかんえ。業平踊りのあの御公卿様の姿、何ともいわれん品があったやろ。それから最後の猩々《しょうじょう》の姿になって舞うところ、みんな釘付けになってしもた。なんでかいうたら、やっぱり辰之助はんが放つ花があるからなんや。軽業師とはそこが違《ちご》ているんや」

深江庄左衛門の妻が、九郎右衛門の妻を冷やかすように割って入った。

「あんた、わざわざ辰之助はんを追って江戸まで行かはったんやろ。そこまで入れ込んでるんやから、痘痕《あばた》もえくぼや」

そう言われると、九郎右衛門の妻はむきになって反論した。白蠟のような顔が少し赤味を帯びている。

「何で辰之助はんの良さがわからへんの。顔の美しさやったら（霧波）千寿《ちず》はんが一等や。をなごそのものや。かわいらしゅうて愛敬があって。をとこはんやったら、そういうのが好みなんかもしれん。声がええんやったら、（中村）七三郎はんにかなう者はいいひん。辰之助はんの良さは、そういうもんやあらへん。舞台に出てきた時に、ぱっと明るうなるような花なんや。この花がのうては役者やない。うち、そこが好きなんや」

庄左衛門の妻が、鯛の焼物を口にほおばりながら、

「うちは何やかやいうても、好きなんは（坂田）藤十郎はんや。春にも『夕霧七回忌』演《や》ったやろ。あの藤十郎はんのやつした姿、たまらんえ。何かじーんと来よる。どないしてあんなはんなりとした色気が出るんやろ。うちの旦那とは、えらい違いや」

と言うと、外の三人は深江庄左衛門のずんぐりと風采の上がらない姿を思い浮かべて、くすくす笑い出した。

小南利兵衛の妻が、役者評から衣裳に話題を変えた。

「あの業平踊りの時、裾に散らしていた光琳模様、ええもんどしたな。ほんまに粋《いき》やね。うちもあんなん着てみたいわ」

ここで庄左衛門の妻が、ここぞとばかり得意そうな表情となった。そして、

「光琳はん、今度うちのべべに絵描いてくれることになったんやわ」

と言うと、女たちは一様に羨望と驚きの眼差しで深江の妻を見た。というのも、光琳はめったなことでは着物に絵を描かなかったし、描くのはよほどその人が気に入った場合だけだといわれていたからである。それにしては庄左衛門の妻は、もうかなり薹《とう》が立っていたし、決して美しい人という訳ではなかった。

九郎右衛門の妻が、あらためて思い当たったように、

「そういうたら、光琳はんも辰之助はんと同じじゃ。そこに居るだけで花がある。どんなとこに居っても、光ってるんやないやろか」

とつぶやくと、新兵衛の妻が先ほどの仕返しをするかのように言った。

「でも光琳はんって、をなごをえらい泣かしてるって噂やない。をなごを萎《しお》れさせて自分には花があるなんて、許されへんことと違う」

多代女聞書

銀座役人の奥方様の中でも、中村九郎右衛門様の御内室は、京《みやこ》でも評判の美人でいらっしゃいました。眉目秀麗な九郎右衛門様とお二人で並ばれると、それこそ御雛様のようでございました。

御二人の間に生まれた女のお子様は、後に尾形の家でお育てすることとなり、さんが産んだ辰次郎と夫婦《めおと》の契りを結ぶことになるのでございます。

元禄十二年十一月十二日

乾山の初窯開き

二日間降っては止み、止んでは降りしていた雪も夜のうちにはあがり、空は一点の曇りもない快晴だった。のぼりかけた朝日が、雪に覆われた山々や木々を、ほのかに赤く染めている。

権平は起きるや否や綿入れ姿のまま、登り窯《がま》を見に行った。庭に積もった真っ白な雪を踏みしめて、一歩一歩歩く。その一歩一歩がとても長く感じられた。

今日は待ちに待った初窯開きの日である。

窯の前には、弟子の清十郎が座って番をしていた。昨夜から寝ずの番をしていたのである。

清十郎は、みほが早くに亡くなった前夫との間になした子で、この春先から権平の所で働いていた。その無口で穏やかな性格が、権平は気に入っていた。そしてその無器用なところも。

器用でない人間は、ひとつひとつ覚えるのに時間がかかる。しかし、いったん覚えてしまえばそれは確実にその人の力となるんや。それに対して器用

◆光琳年譜

元禄十二年(一六九九)
四十二歳

◉九月、乾山、鳴滝に窯を開き、十一月、初窯に成功する。

◉中村内蔵助、銀座年寄となる。

◉『夢中富士』なる。

な人間は、何でもできるさかい、いっときはもてはやされても、すぐに飽きられて消えていってしまうんや。権平は自分が必ずしも器用な人間ではなかっただけに、そう考えていた。

しかし、その例外が兄光琳であった。兄は何でもできる、能でも絵でも蒔絵でもすぐに自家薬籠中のものにして、素晴らしいもの、人々にもてはやされるものを作る、かつ自らを失うことがない。「何でやろ、市兄ちゃんにはかなわんな」と権平は思いながら、清十郎とともに、窯の様子を見た。近くに寄るとじわっと余熱が、寒気に触れた頬に心地よい。権平は満足気な表情を浮かべて腰を下ろし、矯《た》めつ眇《すが》めつ窯を見やった。

あと一刻《とき》ほどで、いよいよ窯出しだ。

ここまで来るには並々ならぬ苦労があった。(二条)綱平公から鳴滝のこの地を賜った時から、ここに窯を築こうと決めたんや。それも手すさびでのうて、一人前の陶工になろうと決めたんや。あれから何年にもなるけんど、ようようここまで漕ぎ着けた。えらい大変やった。

特に難儀やったんは築窯や。まず場所を選び、穴を掘って埋め砂を敷き、石や瓦を並べて窯を立てる。窯の材料にも随分気を使うた。窯壁や練瓦やサヤを新材と混ぜるその具合が難しいんや。納得のいくまで何度も何度も材料を試してみた。随分金も使うたけど、市兄ちゃんのような金の使い方やないから、亡うなったお父ちゃんかて許してくれるやろ。

権平がそんなことを考えていると、開窯の手伝いに泊まり込んでいたみほが声をかけた。

「権平ちゃん、いよいよやな」

「うん」

「どきどきするんと違《ちゃ》う」

「そやな」

「ええもんがぎょうさん出来るとええな」

「うん」

「でも、うち嬉しかった。市様もお見えになって、窯焚きまで手伝うてくれはったんやもん。市様と権平ちゃんが仲良うしてるの見て、賑やかやった山里町の家思い出してしもた」

権平も、兄光琳とこうして一緒にいるのも久しぶりだなと思った。

「市兄ちゃんは」

「まだ寝てはる。窯出しまでそっとしとったらええ」

みほは微笑みながら、すっかり山里町の家に居た頃の気分になっていた。

昼近くなり、窯から出された焼物が土間の棚に並べ終わった頃、ようやく光琳が起きて来た。光琳はずらりと並べられた作品を見ながら、ひとことふたこと言い添える。権平はその言葉の一部に心の中で反発を覚えつつも、兄のものを見る眼の確かさに、舌を巻く思いだった。

最後に光琳は角皿と茶碗をひとつずつ取り上げて、権平に言い放った。

「権平、これを綱平様へ、それからこっちは仁和寺の宮様に献上するんや。使うてもろてこそ、ものは生きるんやさかい」

その二つは、権平が最もよく出来て、しばし手許に置いておこうかと思っていたものだった。

多代女聞書

権平が窯を開いた鳴滝泉谷は仁和寺から西へ、（三井）秋風の鳴滝山荘の方へ向かい、少し山に入った静閑の地でございます。ちょうど都の西北（乾《いぬい》）の方向に当たることから、後に乾山《けんざん》窯と称することになったのでございます。

元禄十三年一月十六日

さん、光琳の子を宿す

洛東吉田のさんの実家は、こんもりとした森を背に南に開けた台地の上にあった。段々畠の中ほどの茅葺きの百姓家である。春を迎えたというのに冷雨が降り続いている。

みほは、さんの用意してくれた盥《たらい》の湯で足を洗い、手拭いで濡れた髪を拭いて居間に上がった。

四角に切られた囲炉裏の前では、孫右衛門が縄を綯《な》っていた。その手を動かしながら顔も上げずに孫右衛門は、

「生憎の雨やったな。濡れたやろ」

とポツリと言った。

その姿に孫右衛門の無言の抗議が込められているようで、みほはつらかった。

みほが、

「こんところよう降るな」

と答えると、孫右衛門はみほの顔を見上げて、

◆光琳年譜

元禄十三年（一七〇〇）
四十三歳

●綱平、光琳絵菓子箱を木下清兵衛の妻に贈る。
●さんとの間に息子・辰次郎生まれる。

「花背の姉者は息災かの」

と訊いた。その顔は何時もながらの穏やかな孫右衛門の顔であったので、みほはほっとして言った。

「お母ちゃん、元気にしてはる。お兄ちゃんもみんな元気や。うちもお正月には、清十郎と一緒に花背に帰ったんやけど、清十郎ももう一人前やから、お土産やら何やらみんな持ってくれたんよ」

「権平様の窯を手伝うてるんやろ」

と孫右衛門が言うと、みほは、

「そうや、花背から戻ってすぐ鳴滝の窯に行ってしもて、それっきりや。朝から晩まで何やしらん土まみれになってるんやけど、とっても楽しそうなんや。権平様もああいうお人やから、土のこね方から始まって親切に教えてもろてるようや」

訊かれるままについつい息子自慢のような話をして、みほはしまったと思った。というのも、今日はみほが孫右衛門に詫びを言うつもりでこの吉田まで来たからである。

孫右衛門は、みほの母の従兄弟に当たっていたが、幼い頃一時母の実家で一緒に育てられたことがあるので、みほの母をいつも姉者姉者と呼んでいた。

この孫右衛門の娘の一人がさんである。光琳が上御霊の新居に移った時に、家事の手伝いに誰ぞええ人おらん、と多代様に頼まれた時、さんはどないや

元禄十四年五月十五日

泉屋の銅吹き所を見学する

光琳たちを乗せた御座船《ござぶね》は、東横堀《ひがしよこぼり》を北に向かって進んでいた。曇り空から生暖かい風が吹いている。心地よい船の揺れに、光琳はついうつらうつらと眠ってしまっていた。

船上には光琳のほか、いずれも銀座役人の中村九郎右衛門、末吉七郎九郎、日比文左衛門、長井藤右衛門の四名、それに銅吹きの泉屋（住友家）の手代二名が乗っていた。

泉屋手代の原田為右衛門と中村九郎右衛門が、先頃終了した赤穂開城の話をしている。

「赤穂のお城は何事も起こらんで、よろしおましたな。ひと月ほど前は、戦《いくさ》が始まるんやないやろかと、大坂でももっぱらの噂どしたけど」

と為右衛門が言うと、九郎右衛門がしたり顔で答える。

「筆頭家老の大石（内蔵助）殿が仲々の出来物やそうや。城を枕に討ち死にやと息まく家臣をひとつにまとめて、お城の明け渡しに漕ぎ着けたんは、大石殿の力や」

◆光琳年譜

元禄十四年（一七〇一）
四十四歳
◉二月、法橋に叙せられる。
◉三月、殿中松之廊下刃傷事件。

舟は、ちょうど高麗《こうらい》橋を潜《くぐ》ったところだった。浜地《はま》の土蔵からは繰綿《くりわた》を詰めた荷包が小舟に積み込まれている。人足たちの褌《ふんどし》一つの体に汗が光っている。

九郎右衛門は額の汗を手拭いで拭って続ける。

「受け取りに行った木下（公定《きみさだ》）様の御家中の者から聞いたんやけど、それは見事な対応で、城内には塵一つ落ちていなかったそうや」

九郎右衛門の「木下」という言葉で、光琳は眠りから醒め、薄目を開けて辺りを見回した。

「木下」と言えば、佐野のおじいちゃんが仕えた家や。何や赤穂の城受け取りの話をしとったようやな。今の当主はその孫くらいになるんやろか。そんなことをぼおっと考えている光琳にはかまわず、会話は続いていた。

為右衛門が言う。

「浅野の殿様は、頭にすぐ血の上る御仁《ごじん》やったそうでんな。よりにもよって殿中での刃傷、お取り潰しになったんは仕方ないけど、残された御家来衆には気の毒なこっちゃ」

九郎右衛門がその白い顔を少し紅潮させて、

「ほんまやなあ。あほな殿様持っとったら下々の者は大変や。それに比べてわしらはそんな心配はせんでええしなあ」

と答えると、光琳が目覚めたことに気づいたもう一人の手代吉岡重兵衛が

大きな声で、

「光琳はん、ええ気持ちで居眠りしてはりましたな。昨夜のお疲れが出たんでっしゃろ。ところで、新町の太夫はん、どないでした。島原とはまた違《ち》ごた趣きがおまっしゃろ」

と訊く。

光琳は、昨夜この吉岡に連れられて新町九軒町の揚屋吉田屋に登楼したのである。

御座船の艫《とも》の方に座っている九郎右衛門は、光琳が何と答えるだろうかと、ニヤニヤ笑いながら見守っている。

「をなごはをなご、皆一緒や。初見でもてるわけないやろ。女郎買いは、馴染みになって、恋の駆け引きをしてこそおもろいんや。一度っきりで、そないなことわかるわけない。吉岡はんの敵娼《あいかた》やった、初嶋いうたかな、あのをなごとは、吉岡はんどないや」

光琳に逆襲された重兵衛は、今度は光琳に阿《おも》ねるかのように話題を変えて言う。

「大堰川《おおいがわ》での花見弁当[*1]の話、大坂でもえらい評判でっせ。さすが光琳はんでのうては思い付かんこっちゃと」

光琳が頭巾《ずきん》を取ってこれを竹の皮のようにたたんでつまみながら、

「さよか、大坂までな。それは知らんかった。大坂の吝《しわ》ん坊の誰ぞが、わしが流した竹の皮を大川で拾いよったんやろか」
と答えると、舟中いっぱいに笑いが広がった。

多代女聞書

この年、大坂に銅座が設けられることとなり、夫光琳は中村九郎右衛門様のお伴をして大坂に下り、銅座や泉屋などの銅吹き所を見学に行ったのでございます。

この銅座を設けることは、九郎右衛門様の献策によるものであったらしく、これにより九郎右衛門様は、荻原近江守（重秀）様の御信任を得ることとなったと聞いております。

＊1 **花見弁当**
光琳が、嵐山の花見の際、蒔絵を施した竹の皮で握り飯を包み、食べ終わってそれを川に流したという。

元禄十五年十月八日

赤穂の一件にかかわる

冬の訪れを思わせるような寒い日だった。

光琳は上御霊藪内町の家の二階で屏風絵の仕上げに余念がなかった。金箔を貼る作業は弟子の三郎治が行っていたが、絵との境目の仕上げは委せるわけにはいかず、自らひとつひとつ滲《にじ》みはないか、剥《はが》れたりしたものはないかを点検していた。

眼下の裏庭では、さんが赤ん坊を背負ってあやしていた。その足許では辰次郎が地面にしゃがみこんで、木の棒で何やら地面に描いている。

光琳が、辰次郎もわしの子やな、三つ児の魂百までいうけど、何を描いているんやろと、首を伸ばして下を見下ろした時だった。多代が階下から声をかけた。

「旦那様、雲竹様がお見えどす。それに万弥はんも御一緒に」

光琳は絵筆を置き、「ちょっと待っとってもろてや」と言って、絵の具の付いた着物を脱いだ。

寒さが急に身に沁みる。

光琳が階段を降り奥の八帖間に入ると、北向雲竹と万屋弥右衛門が多代の淹《い》れたお茶を飲んでいた。

光琳の顔を見るや否や雲竹が言った。

「突然で驚いたやろ。しかも万弥はんと一緒やさかい。

実はな、赤穂の一件で折り入って頼みがあってきたんや。万弥はんの話やけど、昨日大石（内蔵助）殿が江戸に向けて旅立ったそうや。いよいよ赤穂の旧臣が主君の敵討《かたきうち》に動くことになったということや。それが何時になるかはわからんけど、そう遠くない頃やろう」

ここで雲竹はぐっと唾《つば》を飲み込んで続けた。

「そこで（進藤）筑後守様から御指図《おさしず》があったんや。誰ぞ気の効いた者を江戸に遣《つかわ》してその仔細を見届けて欲しい、それに軍資金も届けて欲しいということなんや」

ここで光琳が早合点して、

「わしやったら無理や。月末《つきずえ》までに仕上げないかん仕事があるさかい」

と言うと、雲竹は血色のよいつるつるの頭《かぶり》を振って答えた。

「誰も光琳はんにて言うてないやろ。気の効いた者とは万弥はんのことや。万弥はんに行ってもらお思とるんや。万弥はんも江戸に出店《でみせ》を設けるおつもりがあるさかい好都合やし」

弥右衛門は黙って肯いている。

光琳年譜

元禄十五年（一七〇二）
四十五歳

●七月、中村内蔵助の娘・お勝を年に銀一貫目で五年間養育することを約す。
●十二月、赤穂浪士、吉良邸に討ち入り。
●暦算学者・中根元圭に「光琳」の姓名判断を依頼する。
●この頃、『燕子花図屏風』なる。

「ほんでわしへの頼みというのは何やの」

と光琳が訊くと、

「いま江戸詰めの中村九郎右衛門殿への紹介状を書いてほしいんや。九郎右衛門殿は荻原近江守（重秀）様の御信任の厚いお方や。そして近江守様は柳沢美濃守（吉保）様とつながってる。その辺を手繰《たぐ》って江戸の様子を知らせて欲しいと、筑後守様は申されているんや」

「そら九郎はんに紹介状書くくらいやったらなんぼでもするけど……。金は万弥はんが出すん」

と光琳が訊くと、ここで初めて弥右衛門が口を開いた。

「そないな大層な額ではおまへんのやけど、わしのほか何人かで出しますんや。もとより筑後守様からの御依頼、お断りするどころか、わしかてこんなおもろい話やから、進んで一枚加えさせてもろてと思い定めたんどす。お上に一泡《ひとあわ》吹かせるような話やさかい、うずうずして来まんのや」

弥右衛門は興奮気味にまくし立てた。

光琳が弥右衛門に会うのは久しぶりのことだったが、弥右衛門が商売以外のことに首を突っ込み、何か気負い立っているのを見て、光琳は弥右衛門の意外な一面を垣間見たような気がした。

光琳は居間の天棚を開け、金銀の蒔絵が施された硯箱を開いて筆硯《ひっけん》を取り出し、九郎右衛門へ手紙を書いた。しかし、その紹介は型通りのもので、文面のほとんどはお勝が日いちにちと、さんや多代にも懐《なつ》き、辰次郎とも仲良う遊んでいることなどに費やされていた。

多代女聞書

進藤筑後守様は、御一族に浅野内匠頭《たくみのかみ》様の御家来がいらした関係で、大石内蔵助様の山科の住居《すまい》をお世話されたり、赤穂の一件には何かと御相談に乗っておられたと聞いております。ただ近衛家の家宰という御立場がございますので、御自身は表にはお出にならず、雲竹様などをお使いになっていらっしゃったようでございます。

それから、この時にさんが背負っていた赤ん坊は、中村九郎右衛門様の女のお子様で、名をお勝といい、この年の七月より尾形の家で育てることとなったのでございます。

東山衣裳競べ

元禄十六年二月三十日

この日、東山重阿弥寮《じゅうあみ》二階奥座敷の天井裏では、光琳と中村九郎右衛門が、いずれも商家の丁稚の着るような藍色の仕着せを着て、這いつくばって息を潜《ひそ》めていた。

これから始まる衣裳競《くら》べを見物するためである。

重阿弥寮には光琳も何度か訪れたことがあったが、こんな格好でまるで泥棒のように身を隠しているのは、もちろん初めてだった。

明かり取りの小窓からは、京の町が見下ろせる。眼下には祇園の花街、そしてその左手に建仁寺の大屋根が見える。鴨川を隔てた王城の地は春霞に包まれていた。

次の間の金屏風の前では、ちょうど呉服所茶屋新四郎の妻が満面に愛敬を振り撒いて、うすぎぬの打掛《うちかけ》を脱いだところだった。臙脂《えんじ》色の小袖には袖の左右に金糸銀糸をふんだんに使った鳳凰の刺繍が施され、さらに縫箔《ぬいはく》で草花が描かれていた。お金に飽かせて作らせたような小袖で、観客席からは溜め声とも軽侮ともつかないような声が漏れた。

光琳年譜

元禄十六年（一七〇三）
四十六歳
●十二月、中町藪内町の本宅を担保に七十九両の借金をする。
●綱平、光琳を仲立ちに中村内蔵助に色奉書十帖贈る。

次は銀座役人野村新兵衛の妻である。

これは豪華さというよりは、意匠に度肝を抜くものがあった。落ち着いた雀茶《すずめちゃ》色の地に描かれていたのは、すべて歌舞伎役者の家紋であったからである。丸に外丸（坂田藤十郎）、四角二ツ車（中村七三郎）、桐（芳澤あやめ）、丸に三ツ丸（水木辰之助）などが、それぞれ色を違えて縫い取られている。役者狂いの野村新兵衛の妻らしい衣裳で、客席からは大きな拍手が湧き上がった。

その次に現れたのは、長崎割符《わっぷ》年寄菱屋五兵衛の妻まちであった。まちはもと島原中の町一文字屋七郎兵衛内《うち》の太夫からはしで、二年ほど前に五兵衛に身請けされて、その後妻となった女である。島原の太夫の中でも、その美貌は一、二といわれ、菱屋の女房になってからもその美しさには一段と磨きがかかっていた。そのまちが着ていたのは、蘇枋《すおう》の地に花鳥文様を散らした繻子《しゅす》の小袖で、至るところに鹿の子絞りが施されていた。贅《ぜい》を尽くした中にも粋な着物で、これをまちが着ていると、花街のさんざめきとともに若妻の色気が匂ってくるようだった。客席の女たちからは嫉妬の眼差しが、男たちからはなめまわすような視線が、まちに注がれていた。

衣裳競べの最後は、中村九郎右衛門の妻ことであった。ことは両脇を侍女二人にかしずかれて静々《しずしず》と歩んだ。侍女は二人とも揃いの鮮やかな紅色の振袖を着、一人には梅の花が、もう一人には桜の花が縫い取りされている。振袖の袖の部分と裾には、流水模様が絞染《しぼりぞ》めされている。一方ことは、雪のように白い白無垢の重ね着の上に漆黒の帯を締め、同じ黒羽二重の打掛を被っている。ことの白磁のように滑らかな白い肌とつやつやと光り輝く黒い髪が、この白無垢黒羽二重と白さと黒さを競い合っているような出立ちだった。その小づくりだけれども整った口許、そして愁いを帯びたその切れ長の眼が婉然と笑みを湛えている。

観客席は寂《せき》として声がなかった。特にことと妍《けん》を競っていた女たちは等しく気圧されたかのように伏目がちに黙ったまま、ことと二人の侍女の姿を呆然として見守っていた。

「どうや」

光琳は得意そうに鼻を動めかして、傍に這いつくばっている九郎右衛門に言った。

九郎右衛門は僅かに肯いて、満足気な顔を光琳に向けた。その秀でた額に乗っている髷《まげ》に、天井の埃《ほこり》がうっすらと附いていた。

「わしはをなご衆《しゅ》が、目ん玉を丸くしよって驚く顔を見るんが好きなんや。九郎はんにもよう見えたやろ」

光琳はそう言って、

「後藤、茶屋、八文字屋、末吉、小西、上柳、小南、三島、野村、深江……」

指折り数えるように観客席にいた人々の名を呟《つぶや》いた。

多代女聞書

この東山衣裳競べの話は、「流石光琳が物数奇」と、またたくうちに京中の評判となったのでございますが、一方でこれを苦々しい思いでじっと見ていた人々もおりました。

一時期、夫光琳が京に居づらくなったのも、また後に中村九郎右衛門様が没落するきっかけとなったのも、遠因を手繰れば、このような人を人とも思わぬ驕奢の成せるものであったのかもしれませぬ。

宝永元年十二月三日

はじめて、江戸に下る

万年橋で小名木川《おなぎ》を渡ると、川沿いに背の低い長屋が続いていた。木場の大工たちの住む侘しい住居《すまい》である。土手を吹き抜ける風が、体にしみ込むように寒い。冬の夕陽が遠くに見える富士山の肩に落ちようとしていた。

光琳は、「おお寒む」とひとりごち、綿入れの襟を立て、首を竦《すく》めて歩いていた。

京の底冷えもえらいが、江戸の空っ風も相当なもんやな。今頃、多代はどないしてるやろ、さんと仲良うしてるやろか、辰次郎は風邪など引いてへんやろか。光琳は悪戯《いたずら》ざかりの辰次郎の無邪気な笑顔を思い出して、心の中が暖かくなったような気がした。

光琳がさんに手を付けて辰次郎を産ませた時、あれほど怒った多代も、今では自分に子どもが出来ないので諦めたのか、辰次郎を吾が子のように可愛がっていた。その辰次郎とお勝とが居ることで、上御霊の家は賑やかで、何時も笑いが絶えなかった。

それに後ろ髪を引かれるような思いで東下したのは、京で光琳への絵の注文がガタ減りしてしまったからだった。それも事実でもないのに、光琳が奢りの廉《かど》で町奉行所へ呼ばれたらしいという噂が立ったためだった。

世間なんてもんは冷たいもんや。噂だけで注文はパタッと途絶えてしもた。あまつさえ、ほとんど出来上がってるもんまで、なかったことにしといてやと言うて来よる。誰もが出来るだけわしとかかわりを持たんようにと、汲々《きゅうきゅう》としよるんや。

そんな光琳の窮状を見かねて、江戸詰の中村九郎右衛門がええ仕事を紹介するからと、光琳の東下を促したのだった。東下りの道には既に凩《こがらし》が吹き始めていた。

九郎はんの紹介で方々から絵の注文が舞い込んできたのはええんやけど、田舎大名や江戸の成金商人は絵を見る眼を持っとらへん。わしの苦心の跡や、人と一味も二味も違ごてるとこがわからんのや。その中でも今日の冬木様はましといえばましな方や。金に糸目をつけんとこもええ。

光琳はそんなことを考えながら、次の辻を右に折れ、霊巌寺境内の寒々しく葉の落ちた大欅《けやき》の林を抜け、亀久橋で水路を渡ると、そこが深川の豪商冬木の屋敷であった。

奥座敷に招じ入れられると、主の五郎右衛門（政親）がにこやかな顔をして待っていた。

五郎右衛門が、

◆光琳年譜

元禄十七年／宝永元年（一七〇四）

四十七歳

●二月、初代市川団十郎没（四十五）。
●七月、中根元圭に「道崇」の姓名判断を依頼する。
●十月、江戸へ下向し、中村内蔵助の仲介で勘定奉行・荻原重秀に会う。
●『中村内蔵助像』なる。

色の空が広がっていた。

　思い出したように光琳が続ける。

「弥助の江戸店《だな》はえらい繁盛やった。店は幅二間ほどの小さいもんや。でも大店《だな》が軒を並べている駿河町に店を張っているんやから、大したもんや。初めはえらい苦労したようやけど、江戸のをなごたちの好みが京《みやこ》とは違ごてることに気づいたんやな。京のをなごやったら、とても恥ずかしうて町を歩けんような派手な柄物を売り出してから、当たり始めたようや。わしが行った時も、奥の帳場がよう見えんくらい人だかりがしとった」

　源丞が頷いてつぶやいた。

「万弥はんは商売上手やさかい」

　光琳が、みほの作った若菜とおからの和物《あえもの》を口にほおばりながら訊く。

「ところで源坊の商いの方はどないやの」

「ぼちぼちや言いたいとこやけど、去年、華美取り締まりのお触れが出たやろ。あれから益々みんな人の眼を気にするようになってきた。呉服所の商いは、をなごがべべを人に見せびらかして楽しむような世の中でないと、あかんのや」

　源丞はそう言って溜息をついた。

「そう言えば、大坂の淀屋（五代目辰五郎）も大変なことになっているようやな」

◆光琳年譜

宝永二年（一七〇五）四十八歳

●閏四月、中根元圭に「小形」の姓名判断を依頼する。以後「小形光琳」の署名あり。
●『四季草花図巻』なる。

と光琳が訊くと、源丞は声を低めて内緒話をするように言った。

「これまでは噂やったんやけど、ひと月ほど前から手代や使用人が、次から次へと町奉行所に呼ばれて、取り調べを受けてるようや。

これは大坂の吉文字屋はんから直《じ》かに聞いたんやけど、もう主の辰五郎はんが罪を受けるんは必至ということや」

「五代目いうんはまだ若いんやろ」

「まだ十八歳やそうや」

「取り巻きが悪いんやろな」

「手代の新助いうんが甘言を弄し、讒言《ざんげん》を企んで、先代の附け置いた半七という手代を淀屋から追い出してからおかしゅうなったようなんや。もっとも先代も先代で、奢りの限りを尽くしたような人物やったさかい、自業自得のようなもんかもしれん」

自ら頷くかのように話した源丞のこの最後の言葉に、光琳はわれとわが身のことを言われたような気がした。そして自分に、辰次郎と夫婦の約束をしているお勝の父、中村九郎右衛門を重ね合わせた。そして、いいようのない漠たる不安を感じざるをえなかった。

一方、台所ではをなごども、多代、さん、まち、みほが屈託のない笑い声を上げている。いずれ人の噂咄や、流行の絵柄、芝居の出し物などの話をしているのだろう。「をなごはのんきなもんやなあ」と光琳は心の中でつぶやいた。

多代女聞書

この年の五月、大坂の豪商淀屋が闕所《*1けっしょ》となりました。淀屋は先代が、天井に玻璃《びいどろ》を張りつめ、清水《せいすい》を湛《たた》えて金魚を放し、夏座敷と名付けたというような驕奢で知られておりましたので、その奢りを咎《とが》められたのでございます。

驕奢といえば、夫光琳も、淀屋と比較になるものではございませんが、中村様と連れ立っての人もなげな振る舞いは、京の人々の周《あまね》く知るところでしたから、この事件が起こった時、私は心底震え上がったのでございます。

＊1 闕所
地所財産の没収。

宝永四年十一月三日

近江守の注文を断る

不忍池を隔てたこんもりとした緑の中に、寛永寺の五重塔が聳《そび》えていた。中の島にあるもうすっかりと葉の落ちた櫨《はぜ》の枝には、何羽もの川鵜が羽を休めている。その黒々とした姿が、次第に暮れゆく空に消え入ろうとしていた。池の岸辺には枯葦が蕭条《しょうじょう》として立っている。

池の端仲町料亭かつら。

二階座敷では荻原近江守重秀の割れ鐘のような声が響いていた。

「光琳とやら、生意気な男よ。わしの絵が描けぬと申すのじゃ。絵師風情での」

中村内蔵助（九郎右衛門改メ）が重秀を宥《なだ》めるように、

「あの男、ちと難しうございます。京《みやこ》でも指折りの呉服所の次男坊に生まれ育ち、我儘《わがまま》いっぱい、若い時は遊里通い、気随気儘の暮らしを致しておりましたので、気が向きませぬと絵を描かぬのでございます。のう、弥右衛門どの」

と言って、傍の万屋《よろずや》弥右衛門に水を向ける。

主客の座に座っていた鯉屋市兵衛が弥右衛門に促すように言った。

「万屋どのは以前雁金屋に居られたと伺いましたが」

「はい、先代の尾形宗謙様の時代でございます。当時、雁金屋は東福門院様をはじめとする御得意様に恵まれ、それはそれは賑やかなお店でございました。私もまだ若こうございましたが、宗謙様の片腕として大いに腕を振るったものでございます。宗謙様がお亡くなりになった後、長子藤三郎が店を継ぎましたが、この男からきし商才がなく間もなく店をたたんでしまったのでございます」

弥右衛門は、それに引きかえこの俺はと言わんばかりの、得意気な表情となった。

重秀が癇癪玉を破裂させて、

「そんなことは聞いとらん。(酒井)雅楽頭《うたのかみ》様は別としても、何人もから絵の注文は受けて、せっせと描いておるというではないか。何ぞこのわしに含むところがあるに相違ない。まことに怪しからぬ男よ」

と、大人気もなく吐き捨てるように言った。

重秀は、興奮すると鼻の先が猿のように赤くなった。

内蔵助は、数日前光琳が銀座の役宅を訪ねて来て語ったことを思い出していた。

「内蔵助はんには悪いけど、近江守様の御注文はお断りすることにしたん

◆光琳年譜

宝永三年（一七〇六）
四十九歳
●九月、山本素軒没。

宝永四年（一七〇七）
五十歳
●一月、江戸で酒井雅楽頭から十人扶持を受ける。
●十一月、富士山大噴火。

宝永五年（一七〇八）
五十一歳
●五月、酒井雅楽頭から二十人扶持を受ける。
●中村内蔵助の仲介で辰次郎を銀座平座役・小西彦九郎へ養子にやる。

や。何や気が進まん。あの男の声を聞いてるだけで、虫酸《むしず》が走るんや。いくら金もろてもお断りや」

光琳はそんなことを言って帰っていったのだった。

内蔵助は何時ものように笑みを湛《たた》えて、

「何でも津軽（越中守信政）様の大きな御注文に、今かかり切りのようでございます。あの男、何かに熱中しますと見境がなくなってしまいます。そんなことはお忘れになられて。

さきほどのお殿様の付け合い、杉風《さんぷう》宗匠も絶賛でございましたな」

と話題を変えた。

この日、未[*1]の刻から二時《ふたとき》近く俳諧の会が持たれていたのである。参会者は、柳営御用の魚問屋鯉屋市兵衛（俳号杉風）を宗匠に、荻原近江守重秀（同上風）、中村内蔵助（同信水）、酒井雅楽頭家来本城豊前（同杉峯）及び駿河町呉服商万屋弥右衛門（同木弥）の五人であった。杉風の店は、酒井家もお得意先にしていた。

杉風が小さな嗄《しゃが》れ声で言う。

「あそこで下の句に、社《やしろ》の中は見ざる言わざると付けられたのは秀逸でございました。前の句で村祭の賑わいが、その前の句が日本橋の朝市の景と、同想の句が続いて、少し運びが難渋しておりましたので、これを軽く可笑しく転じられたのは、御手柄でございます」

こう杉風が歯の浮くようなお世辞を言うと、重秀は満足気な顔をしてキセルの灰を落とし、周囲を見渡した。

多代女聞書

この年は霜月の末、富士山の山焼け（噴火）があり、江戸の市中には灰が雪のように降り積もったのでございます。

当時夫光琳は酒井雅楽頭（忠挙）様から扶持米（十人扶持）を頂戴し、蠣殼町の中屋敷に私と一緒に住んでおりました。この年は十月に大きな地震もございましたが、相次ぐ天変地異、そして金銀吹き替えによる諸色高騰に、お上に対する怨嗟の声が、特に手練の達者近江守様に対する非難の声が高まっていったのでございます。

＊1 未の刻
午後二時頃。

宝永六年二月四日

江戸を去る決意を固める

軒端から滴り落ちる雨音がひときわ大きくなってきた。春の嵐が庭の椿の木を揺すっている。

光琳は二曲一隻の屏風絵の制作に余念がなかった。絵は八割方出来上がっていた。あとは呂尚《りょしょう》の襟や袖に、そして渭水《いすい》に濃い緑色の絵の具を塗り、最後に呂尚の顔に手を入れて完成だ。

「この仕事が終わったら、もう江戸は切り上げや」光琳はそう思いながら、黙々と絵筆を動かしていた。

何時の間にか多代が、菓子盆にお茶を淹れてやってきていた。

「多代か」

光琳が後ろを向いたまま訊くと、多代は、

「今日、本城様からもろたお菓子どす。少し休まはったらどうどす」

と言って、光琳の傍に座った。

光琳が振り向くと、菓子盆の上には幾世《いくよ》餅が二つ載っていた。

「幾世餅やな」

と言って光琳がその一つを取ってほおばると、餡のほのかな甘さが口に広がった。

多代も残りの一つを口にして、両手で茶碗を抱えるように持っている。

「多代、小松屋にはもう行ったんか」

幾世はもと吉原の女郎で、神田橋本町の車力頭《がしら》善兵衛に身請けされ、両国広小路で焼餅の店小松屋を開いたのが評判になっていたのである。

「うちと同じくらいの歳や思うんやけど、綺麗な女《ひと》や」

多代が羨ましそうな声でそう答えると、光琳は多代の顔をじっと見つめて言った。

「江戸ももう切り上げよ思とるんや。辰やお勝の顔も見とうなった。多代かてもう帰りたいやろ」

多代は光琳のそういう気持ちを薄々感づいていたので、黙って肯いた。

「(中村)内蔵助はんもこんところ元気ないんや。代がわりになって以来、(柳沢)美濃守様も、(荻原)近江守様も大変なようや。内蔵助はんも近江守様あっての内蔵助はんやさかい、どうしたらええんか迷てるみたいや」

光琳が語るともなくそう言うと、多代は時に冷たさを感じるほどの白皙犀利《はくせきさいり》な内蔵助の顔を思い浮かべて答えた。

「ええ時に小西様への縁組み決まってよろしおしたな。内蔵助様も今やったらとっても御無理な相談や」

◆光琳年譜

宝永六年(一七〇九)
五十二歳

●一月、徳川綱吉没。生類憐みの令廃止。
●三月頃、京に戻る。
●五月、島原八文字屋で三日間居続ける。徳川家宣、将軍宣下。
●六月、中御門天皇即位。新井白石、登用される。
●十一月、坂田藤十郎没(六十三)。
●十二月、東山上皇没(三十五)。

前年の秋に、中村内蔵助の仲介で辰次郎を銀座役人小西彦九郎の養子にする縁組がなり、光琳はこれで辰次郎とお勝の二人は安泰やと、ほっと一息ついたところだったのである。

「そやな」

と、光琳は溜息まじりに肯いて続けた。

「わしもここんとこ少し草臥《くたび》れてきた。歳のせいやろな」

そういう光琳の顔を、多代はあらためて凝視した。

五十の坂を越して、夫が老境に入りつつあることを、多代も感じざるをえなかった。江戸で大名家や富商から多くの絵の注文をいただき、光琳も辰やお勝のためやと精魂込めて大作を仕上げてきたが、このところ一作仕上がる毎に、ぼおっとしている時間が長くなり、次に取りかかるまで間遠くなっていたからである。

多代は夫に甘えるような仕草をして言った。

「うちも帰りたい。一日たりとて、うち辰やお勝のこと考えなんだことあらしまへん。その辰やお勝も小西様に縁づくことになったんや。旦那様、もうこれ以上お金のために苦しい思いすることあらへん。それより、うち市様のお体の方が心配なんや」

そう言う多代の肩に光琳は手を回して、やさしく掻き抱いた。

多代女聞書

この年の一月十日、常憲院様（綱吉）がお亡くなりになりました。美濃守様や近江守様につながる中村内蔵助様は、しきりに行く末を案じていらっしゃいましたが、私どもが住まっておりました酒井家の中屋敷でも、また屋敷のある蠣殻町《かきがら》や日本橋の界隈でも、人々の間に何かほっとした空気が漂っていたのを覚えております。

そして三月、足かけ六年にわたる江戸住まいを切り上げ、夫光琳は京《みやこ》に帰ったのでございます。

宝永六年五月五日

島原に流連する

「やっぱり島原はええなあ」

起きぬけに光琳は天神の浮橋にそう言って、布団から出、寝巻姿のまま両手を高く揚げて背伸びをした。

「久しぶりどしたさかい」

と浮橋が合槌を打つ。

「何とも落ち着くんやな」

と言いながら、光琳が雨戸を少しあけると、日は既に高く、生暖かい空気が部屋に流れ込んできた。

浮橋が訊くともなしに光琳が語る。

「江戸ではこないな訳にはいかん。皆せわしのうしよるんや。遊ぶ時くらいゆっくり楽しんだらええんやけど、余裕がないんやろかな。

お武家様はお互いに肩肱張っとうし、商人《あきんど》は商人で遊びに商売を持ってきよるんや。わしのような絵師風情、それも金のない絵師風情なんぞ、をなごも含めて誰も相手にせんのや」

浮橋は寝乱れた髪を頻りに巻き上げながら皮肉っぽい声で、

「今業平といわれた光琳はんに限ってそんなことおへんやろ」

と、しどけない姿で上眼遣いに光琳を見上げた。

光琳が手を振って、

「わしももう歳やさかい、金も力もなかりけりでは、とんとあかんのや。それにひきかえ京《みやこ》では、島原でも撞木町《しゅもく》でも馴染みがたんとおるし、金ののうなった今でもみなそれなりに大事にしてくれる。ありがたいことや」

と答えると、浮橋はなおも、

「でも光琳はんのをなごは、遊里《さと》ばかりではないやろ」

と畳み掛ける。

「同じことや」

と光琳はポツリと言いながら、冬木五郎右衛門の妻のきくを脳裏に浮かべていた。白繻子《しゅす》の小袖に絵を描いたきくとは、その後何度か冬木の根岸の別墅《べっしょ》で逢瀬を重ねたのだった。その木目細やかな肌の温もりまでが思い出された。

「江戸を離れるとき、心残りだったのはきくのことだけやった。今頃どないしてるんやろ」

そんな思いを内に秘めて、光琳は浮橋に向かって訊いた。

「ときに、ともゑは今でも出とるんか」

ともゑは浮橋と同じ中の町一文字屋七郎兵衛抱えの天神で、光琳が東下す

宝永七年三月五日

さんと茶人に嫁がせる

麗らかな春の日だった。

上御霊藪内町の家では、さんが廊下の拭き掃除に余念がなかった。ふくよかなその後ろ姿を眺め、光琳はさんの成熟を思った。

さんが辰次郎を産んだのは、もう十年も前のことだ。初々しかったさんも三十路になりかけていた。

今日は多代が、大坂から久しぶりにやってきた妹の美代と一緒に、芝居見物に出掛けていた。弟子の三郎治や庄六も今日は仕事がなく、家には光琳とさんしかいなかった。庄六は銀座年寄深江庄左衛門の長子でまだ十一歳という子どもだが、絵が好きな子やからということで、光琳の許に通っていたのである。

光琳は冷たくなったお茶を飲み干し、意を決したように言った。

「さん、ちょっとこっちに来てんか」

さんは髪の被りを取り、襷《たすき》を外して廊下から居間に入ってきた。あらためて見るさんの姿に、光琳は女盛りの華やぎを感じた。

光琳の何時もとは違った口調に、さんも何事なんやろと緊張の面持ちである。

居ずまいを正したさんに、光琳は娘に話しかける父親のようにやさしく訊いた。

「さん、お嫁に行かんか」

さんは思いもよらぬ話に一瞬当惑げな表情を見せた。

光琳が続ける。

「急にこないなこと言い出して、さんが驚くのももっともや。

実はな、こないだ茶会をやったやろ。あの時にお呼びした茶人の松田（秋波）はんや。松田はんがおまえを是非にと言うとるんや。後妻にということなんや」

光琳はここで息を切って、さんの様子を窺《うかが》いながらさらに続けた。

「悪い話やないと思うんや。数年前に亡《こ》うなられた奥方との間に娘ごが二人おるんやけど、もう大きなって、上の娘はもう嫁いでるそうや。

松田はんは千家ともつながってるさかい、食いはぐれることもないやろ。

松田はんもあの通り穏やかでええ人や。

お前がおらんようになると思うと、わしはつらいんやけど、お前かてずっとこのままというわけにはいかん。

さん、お前も今が売り時や、どないや」

◆光琳年譜

宝永七年（一七一〇）

五十三歳

●四月、さんを松田しうはへ嫁がせる。

●六月、東福門院三十三回忌。

●中根元圭の姓名判断により、名を「方祝（まさとき）」と改める。

さんは眼を伏せて、しばし返事をしなかった。再度光琳が促すように、

「さん、どないなんや」

と訊くと、さんは光琳の予想もしなかった問いを発した。

「旦那様、旦那様は今でもさよ様のことを思てはるん」

さんの眼差しが食い入るように光琳の眼を見つめている。

「さよはもうとうの昔に亡うなってしもた。何でそないなことを訊くんや」

そう言いながら、光琳は自分の心の奥底をさんに見透かされているように思った。

「みほおばちゃんがうちにいわはったことがあるんや。旦那様のいっとう好きなをなごは、亡うなったさよ様なんやって」

光琳は、さよと最後に会《お》うた時に、大田の沢の杜若《かきつばた》が満開だったことを思い出した。もう二十年も昔のことだった。

「そやな、今でも時々さよの事を思い出すんやから、そうかもしれん」

光琳が曖昧に答えると、さんは更に挑むような眼で畳み掛けた。

「今は誰やの」

光琳ははぐらかすように呟いた。

「さん、お前にはほんまに感謝してるんや。長いこと尽くしてくれた。そして、辰次郎を産んでくれたんや。辰も小西様に縁付いて、わしももう思い残すことない。あとはお前に良かれと思うて、松田はんにどないやろと考えたんや」

その言葉の終わらぬうちに、さんははっきりとした声で言った。

「うち、松田様のとこ嫁《ゆ》きます。でも、うち、旦那様のこと好きやった」

そう言うさんの眼は涙で潤んでいた。

多代女聞書

それから間もなく、さんは松田様の許へ嫁いでいきました。夫光琳もこの時ばかりは、さんが恥ずかしくないようにとの思いから、着物を何着も誂《あつら》えて嫁入り道具として持参させたのでございます。

正徳二年九月十三日

荻原近江守罷免

新しい木の香が匂う。新築なった新町通り二条下ルの光琳宅の客間には、二人の客が来ていた。

一人は禁裏呉服所八文字屋源丞、もう一人は中根条右衛門（元圭）である。放たれた障子の先には、幅広の濡れ縁に淡い西日が当たっていた。小さな築山には古さびた燈籠が立てられているが、何もかも新しい中で、ひとつだけ古いものが無造作に置かれていることが、ここの主の生き様を示していた。

三人の前には一通の書状が置かれていた。

それは中村内蔵助から元圭宛に出されたもので、末尾には「光琳老へもお伝え願い度候」と記されていた。内蔵助がちょうど江戸在番のため東下する途中、三河吉田（豊橋）からの急飛脚によって報らせてきたもので、これを受け取った元圭が源丞を語らって光琳宅まで急を告げに来たのであった。

手紙の内容は、去る十一日、荻原近江守が勘定奉行を罷免され寄合に逼塞《ひっそく》させられたこと、その科《とが》が、次々に貨幣改鋳を行って次第に品位を落としていったため、諸色の高騰を招き下民困窮のもといとなったとされたこと、そ

正徳二年（一七一二）
五十五歳
●八月、綱平邸で絵を描く。後水尾天皇三十三回忌。
●九月、勘定奉行荻原重秀、新井白石の建議により罷免される。
●十月、徳川家宣没（五十一）。
●十一月、前年新町通二条下ルに新築した屋敷を増築する。
●妾のあやとの間に勝之丞生まれる。
●乾山、鳴滝窯を閉じ、二条丁子屋町に移る。

正徳三年（一七一三）
五十六歳
●一月、寿市郎（辰次郎改メ）と多代に遺言状を認める。
●四月、徳川家継、将軍宣下。
●寿市郎、お勝と婚約する。
●あやとの間に息子・才次郎生まれる。
●月潭道澄入寂。

して以上のような状況だから、その手足となっていた自分を含めた銀座役人の処罰は免れ難いと思われること、さはさりながら京に引き返す訳にもいかないのでこのまま江戸に向かうこと、自分の身に万が一のことがあったら妻のことや子ども達をよろしく頼むという趣旨が綴られていた。

　内蔵助はこの変事を三河吉田で知って、直ちに下役の元圭に連絡してきたのだった。

　光琳は恰幅の良い、そして周りを睥睨《へいげい》するような雰囲気を何時も漂わせていた近江守の顔を、頭に血が上るとすぐ赤くなる鼻とともに思い出した。

　そして、いつかはこういう日が来るのではないかという自分の予感が当たったことを感じていた。

　光琳が自らに言い聞かせるように口を開いた。

「内蔵助はんも何か予感しとったんやろな。こないだ逢うた時の様子が、何時もと違ごてたんや。心ここにあらずという感じで、わしの話にもうわの空で返事をしよるんや。これやったんやな。

　これからどないなるんやろ」

　光琳は腕組みをして元圭と源丞の顔を見比べた。

　元圭がポツリと言った。

「銀座では、誰までお咎めを受けるのやろという話で持ち切りどす。近江守様といっとう関係の深かった中村（内蔵助）様は、まずお咎めは避け

正徳二年九月二十九日

乾山に金と無心する

「多代はん、ちょっと待っとってや」

と言って、権平は内窯から何枚かの絵付けをした角皿を取り出し、工房の棚に一つひとつ行儀良く並べると、灰に汚れた手を拭った。

その横顔を見ながら、多代は「権平ちゃん近頃市様に似てきはった。やっぱり兄弟やな」と思った。

工房に続いた居間で、権平は自分で淹れたお茶を多代に勧めながら言った。

「どないしたん」

その顔は、何時もながら穏やかに笑みを湛えている。多代は心なごむ思いだった。

「実はあやのことでお願いに来たんどす」

最近、兄光琳があやという女を新しく妾にして、何か揉め事に巻き込まれているという話は、権平もみほから聞いていた。

「権平ちゃん、二条家の北大路丹波守（俊恒）様知っとおいやすやろ」

北大路丹波守とは右大臣二条綱平の諸太夫を長く勤めた人で、光琳乾山兄弟とも旧知の間柄であった。

権平は肯きながら多代に訊く。

「北大路様があやとどないな関係にあるのんや」

「あやは北大路様に囲われてたんどす。それをよりにもよってうちの人が、横取りしたような格好になってしもたさかい、北大路様えろうお怒りにならはって、そらそうやとうちも思うんやけど、『あやはお前に下げ渡す、ただという訳にはいかん。代は五十貫目と言いたいとこやけど、半分でええ。払えなんだら以後二条家への出入禁止や』と言われてうちの人、青うなって帰ってきたんどす。

去年、新町の家作るんでぎょうさんお金使《つこ》てしもたし、お金を借りようにも新町の家も上御霊の家も担保に取られてるさかい、どないもこないもなるもんではあらしません」

多代は溜息をついて続けた。

「うちの人は、『二条様から見離されたらわしももう終りや、多代、すまんが権平にかけおうてくれんか』と、この期に及んでも虫のええことを言うてるんどす。そんなことというんやったら、始めからあやに手を付けたりするんやないのにと、うちも腸《はらわた》が煮えくりかえる思いなんやけど、さりとて生きていかれへんなんだらと、恥を忍んでお願いに来たんどす」

泣き入りそうな多代の声に、権平は首を傾げ腕組みをしながら思った。

市兄ちゃんもええ歳して何考えてはるんやろ。多代はんも何時までも苦労が絶えんでほんまに可哀相や。多少は用立てできんでもないが、ここでわしが甘い顔見せたら、ますます増長しよるんやないやろか。多代はんには気の毒やけど、むしろ断ってしもた方が兄ちゃんのためになるような気もする。

権平がそんなことを考えていると、多代が探りを入れるような眼をして話を続けた。

「もちろん全部貸して欲しいなどとは言うてません。あちこちに頼み込んでも、まだ十貫目ほど足らんのどす。もう質に入れるもんもないさかい、夫が権平ちゃんの焼いた皿に絵を入れることで何とかならへんやろかと、そう言うて頼んでこいといわれましたんどす。

ほんまに恥ずかしうて、うちもこんなことで権平ちゃんにお願いに来ようとは思てもみいひんかった」

消え入りそうな声を絞り出すと、多代は権平に深々と頭を下げた。その先笄《さきこうがい》に結った髷《まげ》に、ちらほらと白いものが混じっているのに権平は気がついて、兄光琳と多代との間の歳月を思った。

権平はひとつ息を大きくついて言った。

「多代はんも何時までも苦労やな。でも、多代はん、どうして兄ちゃんと別れへんのや。普通のをなごやったら、兄ちゃん、とっくに愛想尽かされとる」

「権平ちゃん、おおきに、そないに思ってくれて。でも、あの人、うちが側にいいひんかったら、その才能を伸ばせんような気がするんや。そのためにうち、何でもするつもりどす。うち、あの人の子を産むことが出来へんかったさかい」

そう言う多代の顔に一瞬、悲しげな影がよぎった。

多代女聞書

夫光琳には何度も泣かされましたが、この時ほど情なく口惜しい思いをしたことはございません。

あやはほどなく男の子を出産致しましたが、勝之丞と名付けられたこの子が、後に尾形の家を継ぐことになるのでございます。

正徳四年正月二十日

「江口」を舞いおさめる

〽川舟を、留めて逢瀬の波枕、留めて逢瀬の波枕、憂き世の夢を見ならはしの、驚かぬ身のはかなさよ。

地謡の朗々たる合唱に、光琳は以前夜舟に乗って淀川を下った時のことを思い出していた。ちょうど東の空がほのかに明け始める頃、右岸にこんもりとした森に囲まれた江口の里が見えていた。今はもう昔の賑わいは消え果てて、江口の君が棹をさしながら舟遊びをしたというようすがを偲ぶべくもない。あふと、（中村）内蔵助はんはどないしてるやろという思いが頭を過《よぎ》った。あの頃は内蔵助はんの華の頃やったな。大坂の銅座や泉屋の銅吹き所を一緒に見に行ったんや。もう何年前になるんやろ。新町は今でも賑おうてるんやろか。

このところ内蔵助はんは連日のように町奉行所に呼ばれているらしい。（荻原）近江守様が罪を得、間もなく亡うなられてからは、お上の動きもなくこれで一件落着か思とったんやけど、年が改まってからは、何人もの銀座役人が厳しい詮議を受けてるようや。

地謡が謡い終ると、光琳は座敷中央にしつらえてある床几に腰をかけた。

ワキの久保田城之助が旅の僧として問いかける。

〽不思議やな、月澄みわたる水の面に、遊女のあまた歌ふ謡《うたひ》、色めきあへる人影は、そも誰人《たれびと》の舟やらん。

答えてシテの光琳が江口の君を謡う。

〽何この舟を誰《た》が舟とは、恥づかしながら古《いにしへ》の、江口の君の川逍遙の、月の夜舟を御覧ぜよ。

（内蔵助の妻の）ことはんも、今頃つらい思いしとるんやろな。あの頃のことはんは、ほんまに光り輝いとった。どこにおっても、何しとっても、華があったんや。その華に、すべてのをとこどもは眼を釘付けにされ、すべてのをなごどもは羨やましそうな視線を注いどった。永遠に続く栄華もとこしえに咲く花もないんやな。

光琳が月を見上げ、下の水面を見る所作をすると、地謡が再び謡い出した。

◆光琳年譜
正徳四年（一七一四）
五十七歳
●三月、絵島生島事件。
●五月、中村内蔵助、闕所追放となる。
●兄・藤三郎、江戸で旗本川口家に仕える。
●『夢想大黒天図』なる。
●「小形」を「尾形」に復姓。

をしとったんやけど、一刻ほど押し問答した後、一斉にお縄になってしもたんどす。お母ちゃんまでしょっぴかれてしもたんや」

「お母ちゃんまでか」

光琳は、事態が容易ならざるものであることを感じた。

「で、理由は何なんや。捕り手の者は何ていうてたんや」

と光琳が訊くと、庄六はしっかりとした口調で答えた。

「宝永七年のどうのこうのというとったんやけど、金銀の吹き替えを（荻原）近江守様にそそのかしたことが不届きやという理由やった。何もお父ちゃんだけがしたことでもないと思うんやけど」

「（中村）内蔵助はんや（野村）新兵衛はんとこも同じようにやられてるんか」

「うちばかりやあらへん。両替町は軒並みやられとるみたいや」

光琳は、（小西）寿市郎（辰次郎改メ）のとこからはまだ何も言うてこんけど、大丈夫やろかと思った。寿市郎の家も銀座役人のはしくれやから、何もないとも思えない。ただ、まだ家督を継いだばかりで、今度の事件の中心におるわけではないし、場所も両替町とは少し離れた六角下ルの通りやから、捕り手もそこまでは手が回らんのかなとも思われた。

「庄六、お父ちゃんからは何か聞いとったんか」

「はい。東下する前にわしのおらん時にもし変事が起こったら、これだけは破り捨てるか焼き捨てるかせいといわれとった書類の束があったんやけど、今日の手入れでその暇もなく、一切がっさい持ってかれてしもたんや。何の書類か、うち中身はよう知らん。でも、お父ちゃんに頼まれてたのに」

庄六はまた泣き声になった。

光琳は、その書類の中身を知る由もなかったが、庄左衛門にとってそれほど大事な書類が押収されたとすれば、庄左衛門に対する厳罰は避けられんやろと思わざるをえなかった。

しかし、光琳は庄六を元気づけるように、

「庄六、心配せんでええ。どないになるか、まだ決まった訳やない。少なくともお母ちゃんはすぐ放してくれるやろ。そしたら、よう話を聞いて、わしに出来ることやったら、何でも言うてくれ。何なら二条様にお願いして、何とかしてくれるように頼むことも出来るんや。大丈夫や。そのうちお父ちゃんかて帰ってくるやろ。

そうや、お母ちゃんが帰ってくるまで、うちにおったらええ」

光琳はそう言って、多代に向かって眼配せした。

多代はお茶を温かいものに淹れかえながら言った。

「庄六ちゃん。しっかりするんよ。おじちゃんもおばちゃんも、庄六ちゃんの味方やからね」

多代女聞書

この日のことは篠つくような大雨とともに、今でもはっきりと覚えております。そして直ちに処分が下り、銀座年寄深江庄左衛門様、中村四郎右衛門様、関善左衛門様、細谷太郎左衛門様は遠島、ひとり中村内蔵助様だけが闕所追放となったのでございます。

私もよく存じ上げ親しくさせていただいた庄左衛門様の御奥様は五日後、獄中で御自害なされたのでございました。

＊1 未の刻
午後二時頃。

＊2 辰の刻
午前九時。

正徳五年十二月十四日

病の床に臥すようになる

昼過ぎから降り始めた雨が、次第に霙混《みぞれ》じりになるような寒い日である。室町通下立売下町の八文字屋源丞の店に、珍しい客が訪れていた。

今や江戸、京、大坂の三都に店を張る、呉服商万屋弥右衛門である。そろそろ七十に届きそうな歳だが、矍鑠《かくしゃく》としてピンと背筋を伸ばし、客間に端座していた。戦に臨む武士《もののふ》のような眼光炯々《けいけい》たるものが、周りを圧していた。源丞は弥右衛門とは対照的に、いかにも大店の主といった、おおらかさと品の良さを体全体から発散していた。

源丞が、

「万弥はんは何時までも御壮健でよろしゅう」

とまず挨拶をすると、弥右衛門はにこやかに、

「久しぶりに東海道を通ったんやけど、老骨にはしんどおした。何時までも若こないんやと、自分の歳を考えんとあかん。それでも駕籠を使《つこ》たんは半分くらいで、あとは自分の足で歩いてきたんやから、わしもまだまだやと、自信もついた」

と言って、膝頭をさすった。

源丞が訊く。

「江戸の景気はどないどす」

「呉服の商いは上々や。うちも江戸出店がもう十年以上になるさかい、ええ御得意先も増え、万屋の暖簾も人様に知られるようになった。やはりあの時に勝負したのがよかったんやと近頃思うんや」

「赤穂家中の討入りの時どっしゃろ」

と源丞が合槌を打つと、弥右衛門は眼を細めて続けた。

「わしかて一世一代の勝負の積もりで出店を作ったんや。えらい難儀な目にも遭うたけど、今や三都に店を張っとるのは、（三井）八郎兵衛（高平）はんとこと、わしのとこぐらいや。

雁金屋に丁稚で入ったのが寛文の初年やったから、もう五十年以上この商いを続けてきてここまで大きくしたんや」

そう自慢気に言いながら、弥右衛門は総領息子の弥三郎がいっこうに商いに身を入れず、店の金をくすねては遊所通いしていることを、思い起こさずには居れなかった。雁金屋の宗謙が藤三郎に悩まされていたように、今の弥右衛門には伜《せがれ》弥三郎が頭痛の種だったのである。

そんなことは曖気《おくび》にも出さずに、弥右衛門は訊いた。

「ところで光琳はんの具合はどないやの」

◆光琳年譜
正徳五年（一七一五）
五十八歳
◉三月、綱平の日光下向の送別会に出席する。
◉この頃、『紅白梅図屏風』なる。

正徳六年二月三日

多代に礼を言う

「あんた、梅が咲いたんえ、ほら」

多代はそう言うと、紅梅の一枝を床の間の一輪ざしに挿《さ》した。

枝先の二、三輪が綻びている。ほのかに香りが漂う。

光琳は身を起こし、

「ええな、ええもんやな、梅はいつ見てもええ。春を感じるからやろな」

と言って、しばらく眺めていたが、再び身を横たえ、多代を見上げてポツリと呟いた。

「杜若の咲く頃まで生きていられるやろか」

「何いうたはるん。そんな気の弱いこと言うたらあかんえ。

あんた、よう言うとったやない。杜若を見ると亡うなったさよを思い出すんやと。早よ元気になって大田の沢にいこ」

そう言って、多代は光琳の手を握りしめた。握りかえす光琳の手の弱々しさに、多代は思わず涙を落とした。

「多代、おおきに。ほんまにお前には苦労のかけ通しやったな。をなごのことでは何度も泣かした。済まんと思てる。わしのこと恨んどるやろ」

光琳はそう言いながら多代の眼をじっと見つめた。

「ええんよ。うち幸せやったさかい。あんたと一緒で。恨んでなんかいいひん。

それよりもうち、旦那様の子ども欲しかったんや。あんたの子ども、産めへなんだこと、お詫びせなあかんのはうちや。

でも、辰やお勝もうちの子や。ほんまにうちの子同然や。あんたの子やさかい。

うち、昔、源丞様にいわれたことがあったんや。市之丞はんの女癖を直せるんは、多代はん、あんたしかおらんって。うちにもあんたの女癖は直せなんだ。けど、源丞様のいわはったもう一つのこと、市之丞はんの才能を支えて欲しいんやいうことは、うち源丞様との約束を果せたような気がするんや。」

多代は何時になく饒舌だった。その話は、光琳には初耳だったが、今となってみると、源丞はわしのことも多代のことも、よう見とってくれたんやなと思った。

「そないなこと、源坊が言うとったんか。源坊にも世話になった。ほんまにわしは幸せ者や。源坊やおまえが、何時も支えてくれたんやさかい。」

「源丞様、近く御見舞に来やはると言うてはったんえ。もう少し暖こうなったら、源丞様にお子たちも連れて来てもろて、そして辰やお勝も呼んで紫野

◆光琳年譜

正徳六年／享保元年（一七一六）
五十九歳
◉一月、綱平邸へ年始の挨拶に行く。
◉四月、徳川家継没（八）。
◉六月二日没。妙顕寺興善院に葬られる。

に行かへん。ちょうど菫草《すみれぐさ》の咲く頃や」

光琳は京狩野の山本素軒について絵を学び始めた頃のことを思い出した。紫野にあったその画房の帰り道に、よく多代の実家染屋の吉田に立ち寄ったもんや。多代はまだ小娘やったけど、あの頃からしっかりしとったな。お父ちゃんの八兵衛を手伝うて染物を洗うたり、下の二人の妹の世話を焼いとった。

光琳が天井を見上げながらそんな思い出に浸っていると、多代が訊いた。

「どないしたん、何考えてるん」

光琳は多代の膝に手を置いて答えた。

「多代は菫草やな思てたんや。梅のように気品があるわけでもない。杜若のように艶麗なわけでもない。水仙のような清楚さも、菊のような豪華さも似つかわしうない。

野辺にひっそりと咲く小さな花や。小さいけど可憐な花や。愛らしゅうていとしい花や」

「あんた、無理してそんなお世辞言わんでもええんよ」

そう言いながらも、多代は光琳の手を再び強く握りしめていた。

多代女聞書

夫光琳は、この年の六月二日、あの世に旅立っていったのでございます。

それから二十五年という歳月が流れました。

お求めに応じ、夫の一生をお話しさせていただきましたが、老残の身でございますので、忘却の彼方に沈んでしまったり、思わぬ勘違いをしていることども、もしございましたらお許しを頂戴したく存じます。長いことお付き合いをいただき、ありがとうございました。お話をしながら、夫との日々が、楽しかったこと、悲しかったこと、嬉しかったこと、つらかったことなど交々《こもごも》に、思い出深い日々であったことを、私自身あらためて感じさせていただきました。

ではそろそろ私も、夫の許に参りとうございます。

寛保元年五月七日

尾形多代

＊本書は、雑誌「ウェッジ」（2000年５月号～2004年10月号）に連載された「光琳点描」全54回に加筆修正を施したものです。

＊光琳年譜の作成にあたり、下記の文献を参考にさせて頂きました。記して感謝致します。

- ◆河野元昭編「尾形光琳年譜」（日本美術絵画全集第17巻『尾形光琳』集英社）。
- ◆仲町啓子「年表・尾形光琳とその時代」（新潮日本美術文庫8『尾形光琳』新潮社）。
- ◆『日本文化総合年表』（岩波書店）

（編集部）

著者略歴

飛鳥井頼道（あすかい　よりみち）

本名・舩橋晴雄。1946年東京生まれ。東京大学卒業。大蔵省に入り、30年余、官僚生活を経た後、2002年退官。翌年シリウス・インスティテュート株式会社設立、代表取締役。著書に、『イカロスの墜落のある風景』（創世記）、『日本経済の故郷を歩く～蓮如から龍馬へ』（中央公論新社）、『新日本永代蔵』（日経ＢＰ社）などがある。本書は著者初の小説。

尾形光琳
江戸の天才絵師

2004年10月28日　第1刷発行
2007年5月30日　第3刷発行

著　者　飛鳥井頼道
発行者　松本 怜子
発行所　株式会社ウェッジ
〒101-0047 東京都千代田区内神田1-13-7　四国ビル6階
電話：03-5280-0528　FAX：03-5217-2661
振替 00160-2-410636　http://www.wedge.co.jp
ブックデザイン　上野かおる＋北尾崇（鷺草デザイン事務所）
印刷・製本所　図書印刷株式会社

※定価はカバーに表示してあります。ISBN4-900594-77-6 C0095
※乱丁本・落丁本は小社にてお取り替えします。